U0133091

爸爸银行

培养理财高手积累一生财富

[美] 大卫·欧文 著

塔广珍 译

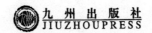
九州出版社
JIUZHOUPRESS

献给我的父亲

目　　录

目 录

1. 儿童与金钱

我们的儿子出生时，我们夫妻需要一床铺在婴儿床上的婴儿毯。我们的女儿，那时三岁半，她的壁柜里有几条旧的婴儿毯。

"你在我的壁柜里找什么？"女儿发问道。

"只是找一条旧毯子。"我妻子说。

"为什么？"

"给你新出生的弟弟用。"

"我要它！"我们的女儿尖声叫着。

"可是，宝贝"，我说，"你甚至不知道那儿有这条旧毯子啊！"

"我要它！"

"这是条婴儿毯。你不想把它给婴儿用吗？"

"我要它！"

妻子和我绝望地对视着。怎么办？突然，我妻子灵光一闪。

"你愿意拿它换五块钱吗？"

（不再尖叫了）"好吧。"

钱是一种很好用的工具，如果使用得当的话。即便是非常小的孩子也能很快掌握。在前面所说的婴儿毯事件中，我妻子采用了物物交换的办法：用一种不带感情的符号（钱），换了一个带有感情的物品（旧毯子），才勉强避免了一场家庭危机。有一张崭新

的 5 美元的钞票放进了她的储钱罐，对刚刚由新出生的小弟弟所带来的不愉快，我们的女儿也应该感到得到了补偿。而且我妻子和我也高兴给她钱，因为这样做，让我们得以回到争论发生前我们一直在做的事情：换尿布；忘了洗衣服；以及没有足够的睡眠。①

———————————

①运用同样的机智，我妻子曾经解决了一个久已为人们所熟悉的问题：就是排成单行走路的时候，怎样让孩子们不吵嘴。她创造了一个位置，叫做"后面的领头人"，这样，就使一个单行队列的两头看起来都很重要。偶尔，她也曾创造出"中间的领头人"的说法。

如果我妻子没有突然想到用货币补偿，我们的争论可能已经按照可预料的轨迹逐步升级：我妻子和我可能已经一步步地使我们的女儿感到自己是个坏孩子，我们的女儿也可能已经一步步地使我们觉得我们是坏父母。可当时的情况却是：那天晚上上床时每个人的心情都很好。几个月以后，我们的女儿甚至已经安于自己不再是唯一的孩子的想法。有一次，走在她弟弟的散步推车旁，她突然放弃了什么似的叹了一口气，说："我不知道以后会和谁结婚。他，我猜。"

大人们是愚蠢的

在理论上弄明白金钱是怎么一回事很容易，因此　你也许认为很多人在实践中也会很好地运用它。但是他们没有。在许多家庭中，父母与孩子之间，父母之间，金钱方面的事情都成为一个心理战的场所。这种事为什么会发生？我们可能不想知道真正的原因。(一个家庭的故事是这样的：我宣称自己认为金钱是纯粹实用主义的，而我妻子却相信金钱完全是一种符号系统，而且是有精神疾病的系统。)但是总有完全避开这种问题的办法，特别是在与孩子们有关的事情方面——只要父母们利用人类的天性，而不是忽略人类的天性，或者徒劳地试图改变它。

在对孩子进行金钱教育方面，绝大部分父母所做的绝大部分努力，从一开始就注定是一个劫数。那些努力通常是以开设储蓄

账户开始（也常常以此结束）。父母突然决定，到了对孩子们乱七八糟的金融事务加以整顿的时候了，于是，他们押着小孩子走进银行，让孩子们在银行存折上签上名。什么也不用干银行就会给钱，一开始，这种想法引起了孩子们的兴趣，可是，当他们意识到存款利率非常低，而且，他们的父母不打算让他们有机会拿到存款本金时，他们的热情就消退了。对一个小孩子来说，储蓄账户仅仅是一个吞掉生日支票的黑洞。

孩子："奶奶给了我25美元！"

父母："真好。我们会把那张支票直接存进你的储蓄账户。"

孩子："可她是给我的！我要它！"

父母："噢，它还是你的。你只是得把它存进银行里，这样它可以升值。"

孩子（怀疑地）："升值是什么意思？"

父母："就是，如果你把25美元在银行里存一年，银行就会付给你50美分。跟着如果你把所有那些钱在银行里再存一年，银行就会再付给你50美分，再加上另外的一美分。那叫做复利。它会帮你上大学。"

这些计划的主要问题是，其中没有一点是为小孩子考虑的。对小孩子来说，大学似乎有一千年那么远——不管怎样，在这样的时候，他们可能觉得留在家里不上大学也不错——而且所承诺的年回报率甚至不够买一包口香糖的费用。大多数孩子马上就意识到，那些由他们的父母来实现的存款计划，实际上的目的是惩罚：父母的真正目的不是提倡节约而是防止消费。父母们被孩子

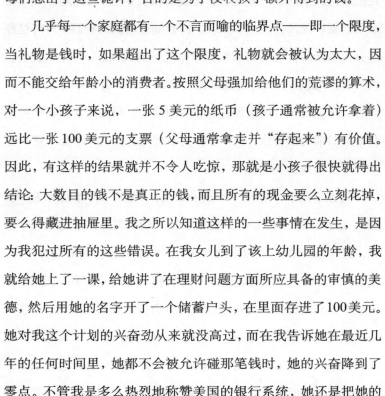

花在糖果和电子游戏上的钱吓坏了——可能，也被孩子们恣意的挥霍吓坏了，而这种挥霍似乎是在模仿他们的父母——于是，父母们想出了这些诡计，目的是为了没收孩子额外得到的钱。

几乎每一个家庭都有一个不言而喻的临界点——即一个限度，当礼物是钱时，如果超出了这个限度，礼物就会被认为太大，因而不能交给年龄小的消费者。按照父母强加给他们的荒谬的算术，对一个小孩子来说，一张 5 美元的纸币（孩子通常被允许拿着）远比一张 100 美元的支票（父母通常拿走并"存起来"）有价值。因此，有这样的结果就并不令人吃惊，那就是小孩子很快就得出结论：大数目的钱不是真正的钱，而且所有的现金要么立刻花掉，要么得藏进抽屉里。我之所以知道这样的一些事情在发生，是因为我犯过所有的这些错误。在我女儿到了该上幼儿园的年龄，我就给她上了一课，给她讲了在理财问题方面所应具备的审慎的美德，然后用她的名字开了一个储蓄户头，在里面存进了100美元。她对我这个计划的兴奋劲从来就没高过，而在我告诉她在最近几年的任何时间里，她都不会被允许碰那笔钱时，她的兴奋降到了零点。不管我是多么热烈地称赞美国的银行系统，她还是把她的储蓄户头看成是一种虚幻的东西。

我的第一反应是，她一定是太小了或者太懒了，因而不能用一种成熟的负责任的方式，为她年龄大一些的时候做计划。然而，经过再三的深入思考（不幸的是，这个思考花了好几年的时间），我终于认识到问题所在：不是她的性格有缺点，而是我的计划有缺点。毕竟，我自己就没有一个储蓄账户——而且我

为什么要有呢？我宁愿把钱塞进床垫里，也不愿意为了那糟糕的每年两个百分点的利息，而要来来回回地开车去银行。和你一样，我把财产放在这样一些地方：在股票和债券里，在房地产和金融市场的账户以及其他的投资里，而且随着时间的推移，所有这些都会比愚蠢的古老的储蓄账户带来更好的回报。[①]为什么我曾相信一个5岁的孩子——对她来说一年似乎至少有十年那么长——会为亿万年后才会被施舍的满把硬币动心？当我终于能自己控制我童年时期的储蓄账户时，难道我不是马上就结清了那个账户了吗？（答案是：是的。）

我也忘记了，对一个小孩子来说，"长期"并不意味着"长期"，它意味着"永远不"。鼓励一个上幼儿园的孩子为上大学存钱，就好像鼓励一个50岁的人为在火星上开拓殖民地存钱一样。我5岁时，一个世纪看起来并不比从我上幼儿园的第一天起，到我最终长到足够大，大到可以做我生命中最想做的事情：开车为止那段时间更长。（还有一个更进一步的证据，就是如果想要什么东西的话，和成年人相比，那段时间对孩子们来说会过得更加地慢。你从没有听一个大人说："我已经673个月了"——尽管我曾听一个40岁的人说："现在我已是半死了。"）

在与孩子们有关的事情上，这种关于时间上的快慢感觉并不是一种错觉；当父母对孩子谈到的"长期"与钱有关系时，父母

---

①在我写本书的时候，也就是2002年，和其它有固定收入的投资甚至是股票相比，储蓄存款利率看起来并不坏。尽管经过了相当长的时间后，储蓄存款利率仍然是低利率中的最低者。

们的意思的确是"永远不"。父母们强迫他们的孩子把属于孩子自己的钱锁起来，因为父母们不愿意想到，如果可能，孩子们会用那些钱做什么。几乎所有由父母掌管的储蓄计划的真正目的，都不是让钱增加价值，而是把钱没收。储蓄账户就是父母监禁他们孩子的钱的监狱，这样，没有父母看管的时候，孩子的钱也不会惹来麻烦。

存钱的真正理由

你和我都不会认为，对我们自己来说，存钱是某种形式的惩罚。我们存钱是因为我们相信，存钱能让我们的生活过得更好，在我们还能从存钱中得到乐趣时，存钱也的确会使我们过得更好。我们相信，如果我们现在作出牺牲，节省一些花销，那么，在可见的将来的某一天，我们就能够买一辆更好的车，或者打更多的高尔夫球，或者在院子里扩建一个游泳池，或者送孩子进一所名气更响的大学，或者在85岁而不是在90岁退休。换句话说，我们存钱的理由是自私的。我们现在少花钱，目的是为了以后多花钱。

如果要孩子们成为存钱的人，我突然意识到，那么他们也需要自私的理由——那种对他们有意义的、对他们自己有利的理由。要对孩子有吸引力，存钱就必须能让孩子生活得更好——而且所能得到的利益也必须是明确的，就像对大人一样。那些利益也必须能在一个对孩子来说是真实的时间里得到，而不是被推到遥远

的将来，以至于在孩子的意识里，那些利益根本就不存在。

最重要的是，我认识到，我在教育我女儿在金钱方面要有责任感时，几乎我所做的一切努力，直到那一刻，都是在减少或者除去她几乎没有的、少得可怜的理财责任感。如果我一直在编织新的美梦同时也在编造新的借口，为的就是把钱从她的手中拿走，那么，关于怎样处理金钱，她怎么可能学到哪怕是一丁点儿的知识？我们了解金钱的方式，难道不是和我们了解其他事情的方式一样——通过犯一系列的错误，一系列渐渐不那么可怕的错误，并且生活在这些错误的后果之中？

我想我们的确如此。而且正是所有的这些认识，引发了我在本书的后面部分所要描述的想法。

好的、久已有之的捷径

当然，从某种意义上来说，这种要教会孩子有关金钱的事的想法是可笑的，因为我们这些父母在教孩子有关钱的事情时，在日常生活中一直有这样的想法，就是要从他们长到足够大，大到能注意到他们和我们之间的不同时才开始。我们是在这样的时候教他们有关钱的事情的：每一次我们明智地或愚蠢地买了什么东西时；为近来在股票市场的经历自夸或流泪时；下班后在家里表现出高兴或悲伤时；在他们努力说服我们给他们买不该买的东西，而我们投降或未投降时；以及选择是先付清信用卡的账单，还是宁可让债务达到一定的数目，也要先买一个电话留言机，让它来处理打进来的电话。经过整个的童年，这些最无意识的课程给他们留下的印象，要比我们可能想告诉他们的深刻得多。因此，教给孩子有关金钱的事的最好的方法，就是让金钱在生活中扮演正确的角色，不管那样的生活是什么；而且只给孩子树立好的榜样，不管那些榜样是什么[①]。

天哪！这是一个令人沮丧的想法。首先，树立好的榜样会令人疲惫不堪。其次，和大多数的父母一样，在养育子女的问题上，我想用强有力的方式来直接塑造我的孩子。我不想坐视不管而任其自然发展；我想用科学的方法为我的后代拟订计划，让他们在生活里的成就，超过我自己那点可怜的成绩，并且能积聚起他们自己的巨额财产，这样，等我们夫妻到了晚年时，他们就可以用这些财产来赡养我们。

那么就要有捷径。幸运的是，有一些好的捷径。

一些关于建议的建议

不过，在谈这个话题之前，我想先解决几个一开始就会引起讨论的问题。首先，我想解答在某些读者的头脑中可能正在形成的一个问题：教孩子有关钱的事情，会不会把他们变成到处弄钱的卑鄙小人？

我的回答是，不会，当然不会——只要我们教给他们的东西

[①]或者，我们也能树立可怕的榜样，并且希望我们这样做没有留给他们别的选择，除了让孩子反抗我们，让他们能在反抗我们赞成的每一件事中发现乐趣。

是理性的。事实上，教给孩子有关钱的事情的目标之一，就是要防止他们变成到处弄钱的卑鄙小人。孩子们对金钱明白得越透彻，在了解金钱的过程中他们感觉越舒服，在他们长大以后，就越不可能会为钱感到困惑，或者为钱感到不安。

我不是那种宣称贪婪是一件好事的人。贪婪的确很糟糕，因为贪婪是不能得到满足的，也因为像所有的上瘾一样，贪婪只会带来不快乐。在金钱一事上教育孩子的目标之一，就是通过帮助他们学会聪明地、理性地看待钱，把钱看成是改善他们生活的实用的工具，从而让他们对贪婪具有免疫力。

我有一位上大学的朋友，他曾决定——伴随着一种典型的青年人所具有的专制的手势——不再带手表。他厌倦了为时间所困扰，于是他把自己从文明的、独裁的、受压制的时间的监狱里解放出来。当然，成为笑料的是，不带手表，迫使他无时无刻都在想着时间。很快，他每天都有很大一部分时间用来问别人几点了——这很有必要，因为其他人，包括他的教授，当地电影院里的人，都仍然很注意时间。摆脱掉手表并没有解放他，而是把他变成了一个狂躁的时间狂。

孩子们应该了解有关钱的事情，其理由与我的朋友很快又带上手表的理由是一样的：防止他们把起决定作用的心智能量，在某个活动上用得过多，而那种活动在放松的状态下会做得更好。一个人了解有关钱的事情，一部分也是为了停止为钱忧虑。而那些害怕钱的人，那些不明白钱的人，那些愿意尽量去忽略钱的人，为钱担忧的时间会更多。

　　我想谈的另外一个问题与建议有关。几乎我读过的所有给人提建议的书，都遵循着两个基本教学策略中的一个或另外一个：他们的建议要么是实际上不可能而听上去非常容易（如减肥，让身体变得健康），要么是非常容易而听上去在现实生活中却是不可能的（如养育那些不是完全一团糟的孩子）。

　　理财方面的建议通常遵循的是第一种模式。当你读到某些专家就怎样获得金融自由提出的、十条中肯的原则时，你想，"嘻，在我合上这本书时，如果还不能发财，那我就是一个傻瓜。" 当然，紧接着现实生活就开始了——你买的股票价格下跌而不是上涨，你找不到一个供应商，乐意以大的折扣一次卖给你十二打商用等级的卫生卷纸，也没有银行似乎热衷于给你提供没有担保的一千万美元贷款，那样的话，你就能够修复你正计划的，要在银行举办的被取消赎取权利的抵押品拍卖中购买的烂尾楼，而不会损失你自己的钱。假如有关建议的书和它们所宣传的一样好，那么这类书也就不会有这么多了。有一本"怎样－减轻－十五磅－并－远离－它们"这样的指南，对任何一个人来说都足够了，谢谢你，我们都不会因长得太快而穿不下原来的衣服。

　　此外，我料想我们中的大多数人都会认为，阅读或者倾听好的建议是一种完全可以接受的态度，按照好的建议行事则是另外一回事。我知道我对《消费者报告》的感觉就是如此。我非常喜欢那本杂志对多种消费品所做的详细分析，但是我非常肯定，我自己从来没有因为读了其中的某篇文章而真的去买了什么东西。我倾向于先买，然后——在几天、几个星期或者几个月以后——

在这本杂志中发现我的购买是否是明智之举。订阅《消费者报告》杂志让我觉得自己是一个聪明的购物者，但是经常听从它的建议会有很多麻烦。事实上，我愿意打赌，即便是为消费者协会做商品检测的人，他们的感觉很可能也和我差不多，而且他们家里堆放的东西，也不会像在为《消费者报告》做评估时那样好。

另一点要坦白的是：我本人也没有总是在遵循我这本书里的所有建议。没有人能做得到。（我猜简·布罗迪，《纽约时报》"个人健康"的专栏作家，也没有在她家楼梯的上方贴上很宽的反光条，就像她建议她的读者去做的那样。）真实的生活太复杂了，不是在任何时间都可以明智地去处理事情的，而且我们每个人不仅各不相同而且也都很忙。我认为，我在帮助我的孩子发展理智的健康的对待金钱的态度上做得不错，但是相信我，我们也有我们的苦恼。

我们的目标是养育那些没有被生活的金融的一面击垮的孩子，而达到这个目标的办法不止一个。你可以从我的主意中挑选一个，或者你也可能被激起了信心从而构思出你自己的想法，或者你可以把整件事情都放在一边不管，而只是希望会有一个好的结果。在这些年中，我自己的孩子对理财事务的兴趣时高时低，而且不时地受到一些外在的、与此无关的事情的严重影响，诸如当天晚上他们有多少家庭作业，还有谁要去购物中心等等。

同时，没有一个人的生活应该被他人对金钱的看法所左右，即使他人关于金钱的看法特别精明。

2. 爸爸旗下的第一国家银行

如果你和你的孩子发现你们有时间——比如说，在开车去长途旅行走到一半的地方，这时候，你也许可以通过解释"复利"的概念，让你们两个都得到乐趣。从问孩子他或她是否想得到额外的零花钱开始。如果孩子说"是"，就可以说一些下面这样的话：

"我有一件小事可能会对你有吸引力。我已经厌倦了由我一个人来照管我们的狗，我愿意付钱给你或别人来帮助我。我想要的是每天早上和晚上有人给狗喂食，每天给他们换一次水，每天带他们出去散四次步，还有，一个星期给他们洗一次澡。做所有的这些事，我愿意一天付一分钱。如果你第一天做得很好，我第二天会把工钱加倍，加到两分钱。如果你第二天也做得很好，我会再把工钱加倍，加到四分钱，如此下去，每天工钱都会加倍，只要你一直都干得很好。你觉得怎么样？"

"你疯了！"孩子可能会叫道。

至少，你应该希望孩子会那样叫。这是因为：一份以一天一分钱开始的薪水，如果每天都加倍的话，在30天以后就会达到500万美元，从那儿可以飞向星星。①

---

①如果你拿这个利率在孩子身上做试验而且孩子接受了你的出价，不要惊慌。以说好的利率让孩子照顾狗一个星期，然后，用一种非常失望的语调说："根据原始协议，你能否被我继续聘用，要视我对你完成约定的职责的满意程度而定。我遗憾地通知你，你没有完成要求。你被解雇了。"喔！

"儿童号码"的回报率

如果银行的存款每天都增长一倍，我们要让孩子对储蓄存款户头感到兴奋，就不会有什么麻烦。嗬，我自己也要开一个户头。只是有一个问题：这个世界会如此快地把钱用光，以至于没有时间让这个课程深入下去。如果存款每天都增长一倍的话，一个银行账户就要支付百分之 3,757,668,132,438,133,164,623,168,954,862,939,243,801,092,078,253,311,793,131,665,554,451,534,440,183,373,509,541,918,397,415,629,924,851,095,961,500 的年回报率。（这是真实的回报率，是偶然由一个有办法使用一家大型跨国公司的大型计算机的朋友为我计算出来的。）

从数学上来看，一个每天增长一倍的银行账户与一个普通的储蓄存款账户的唯一的不同，就是时间。增长一倍对二者都有同样奇妙的效果，不过在储蓄存款账户里，存款增长一倍这样的事，需要相当长的时间才能发生一次。实际上，每年支付 2% 的利息的银行存款账户，它从第一个一分钱变成 2 分钱，需要 35 年多一点的时间，而要把它变成 500 万美元，则大约需要 1000 年。

正是在思考这种现象——即人们知道的增长指数——时，我突然明白了要使我的孩子对储蓄开始感兴趣，我所需要做的事情：我需要向他们支付一个看上去能令他们兴奋的回报率，让他们自愿地主动地决定储蓄是一个好主意。回报率不必（显然也不可能）是每天 100%，但是得比任何一家银行的普通存款利率都要高。经过多方考虑，我决定，存款利率必须得足够高，高到能让孩子看到真正的不容怀疑的增长，而且仅仅是在一个月之内——在一个6岁孩子的真实的有关"长期"的时间观念中，这可能是他们能想到的最长的时间了。我也决定，存款利率必须得足够高，高到在不到一年的时间内让孩子们的存款增加一倍，让他们明显看到复利的奇妙之处。

我知道，没有哪家商业银行能提供一个有足够吸引力的存款利率，所以我决定创办一家我自己的银行。我把它叫做爸爸旗下的第一国家银行，并邀请我的孩子成为第一个（也是唯一的）储户。我告诉他们，我想要鼓励他们把他们的一部分钱存起来，而不是把钱马上花掉；我也说，我十分肯定我已找到了一个办法来做这件事。如果他们同意把他们的一部分钱存在我的银行里，我说，为他们考虑，我可以每月付给他们5%的利息。对——每月。每月把本金利息加上累加利息的利息加起来，进行复利计算，年利率可达到70%以上，在差不多15个月的时间内，存款就可翻番，增加一倍。（不，我不接受成年人以及有一半的遗传因素不是来源于我的孩子的存款。）"如果你们能牢牢地攥住你们的一部分财产"，我告诉他们，"用不了多长时间，你们就可以把你们的零花钱增加一倍甚至增加两倍。你们存的钱越多，存的时间越长，可以花费的钱就越多。"

让钱"记账"

我的孩子没有一个——当时一个6岁，一个10岁——真正明

白什么是利率，但他们都立刻抓住了这个主意。为公平起见，开始时我给了他们每人25美元，我告诉他们，如果他们把这笔钱在我的银行里存满一个月，在本金之上，他们还可另外赚1美元和15美分。还有，我说，下个月他们可以赚的利息就基于所有的这些钱，并且他们在任何时间都可以存入另外的钱（或者取走钱）。我告诉他们，我会在每月的最后一天结清利息，并在每月的第一天算清他们的零花钱。（有关"零花钱"的讨论，参见第四章）我儿子没有耐心去从头开始增加他的收入，就去车里以及所有加上垫子的家具里搜零钱，结果找到了好几块钱。"这钱今天就记上账"，他一边把那些零钱"砰"的一声倒在我的书桌上，一边说。

我的孩子以前从来都不是节俭的人。他们两个早已习惯了一把钱拿到手就马上全都花掉——毫无疑问是因为他们担心，要是他们没有马上把钱花掉，我妻子或我可能会突然想起一个理由，把钱从他们手中夺走。举个例子来说，当孩子们从一个亲戚那儿得到的礼物是钱时，他们通常的反应是当天就让我们开车把他们带到购物中心，这样就可以立刻把他们手中的现金变成成型的物品，而父母要把物品从他们手中夺走会更困难一些。

但是爸爸银行改变了他们的态度。有他们的户头在银行里，孩子们一拿到"意外之财"就马上交给我，这样他们手里的闲散现金就可以尽快开始增加利息。在我开办银行业务几个月以后，我儿子解释了他的新的金融理念。他告诉我，代之以把他手里的现金立刻花掉，他现在喜欢让他的钱"记账"一段时间，然后才

花掉一部分。上学一两年以后，他在一篇科学幻想小说里仔细探讨了同一个金融理念。"如果我有 100 万美元"，他写到，

> 我会把它放进银行里。然后我要调制一种好
> 味道的葡萄味的魔药，让我能活得更长久些。
> 然后在 10281 年，我会把我的钱从银行里取
> 出来，我的钱不再是 100 万美元，我会有
> 100000000000,0000000000000 美元！

在一张附页里，他这样画着：他自己正在配制能延长他生命的魔药（用葡萄苏打水和冰），而背景是一队装甲轿车正把他的闪闪发光的财产运进他的豪宅大厦。

变得富有

在我开办爸爸银行的几年时间里，我的两个孩子都建立起一套使他们的收支平衡的方法，达到每月的收入（零花钱加上利息和礼物）都大于开销，还有令人感到很舒服的节余。他们因而可以买一些漫画书、CD、糖果、以及其他日常生活必需品，同时继续为将来的生活储蓄。随着时间的推移，每个孩子都存有足够的钱用于支付合理的额外的开销，不会因为不适当的花费而让他或她的零花钱减少。但是，他们都没有感到有迫切的压力，要来获得这些认识。因为他们知道，他们的钱属于他们自己——而且因为他们知道，他们的钱正在幕后为他们工作——他们并没有感到要被迫地匆匆忙忙地赶快把钱花掉。

　　换句话说，他们理智地对待钱的方式，正是大人们一直在宣称的钱应该得到对待的方式。不需要我就约束与克制的美德对他们进行长篇大论的训斥，他们就做到了这一点。一旦他们的存款开始以一种对他们来说有意义的速度增长，他们就认识到花钱无序对他们不是最好的。

　　其中的寓意是，钱是能极好地自我进行解释的——只要你让它自己说话。

允许我重复自己

　　这一点是如此重要，它值得你做第二次：你的孩子对钱如何工作已经有了一个相当好的看法，那就是为什么他们以前从来没有对你的强迫性的储蓄存款计划感到兴奋的原因。要把他们变成储户，你并不需要改变他们看待钱的方式；你只需提供给他们一个真正有吸引力的观念，就是让他们的钱为他们工作，就像你的钱为你工作一样。人类本性的那种不可抗拒的力量就会让他们开始存钱。爸爸银行把我的孩子变成了储户，是因为在他们的生活里，爸爸银行第一次给了他们一个要储蓄的真正的刺激。他们认识到，如果他们延缓一段时间再消费，他们逐渐地可以消费得更多。

那正是大人们进行储蓄的原因。要从我的孩子的经历中得出的教训是，孩子们会去存钱，而这完全要由他们自己决定——不需要来自于成年人的强迫或沉闷乏味的说教——只要他们的钱被允许增长得足够快，能让他们注意到储蓄的效果。要把我们的孩子变成储户，我们所要做的，就是给他们一个在他们看来像是刺激的刺激。量小的回报率不行，那只能让那些被打垮的、为道德担心的成年人满意，因为以那种利率，钱会增长得过于缓慢，因而无法唤醒孩子存钱的意识。

我在大学一年级和二年级时上过几门经济学课。这个科目从一开始就让我很兴奋，因为基本的自由市场经济学似乎为人类的一系列行为提供了一个特别恰当的解释：人们倾向于做能得到报酬的事。如果你想改变人们的行为（经济学教给我们），斥责、哄骗、恳求，效果都不如调整所给的刺激来得好。这也就是为什么美国还在运转而苏联却已解体的原因。我的孩子并不是因为我限

制他们花钱、因为我给他们讲了恣意浪费是不道德的行为、或是因为我就节俭的美德对他们进行了说教而变成了储户。他们变成储户是因为我发明了一个系统，如果他们花的钱少于得到的钱，就给他们报酬。

怎样建立你自己的银行

事实上，建立爸爸银行很容易——我是在我的个人电脑上建立的。在我孩子的帮助下，我用Quicken ——我用来掌握我自己的储蓄情况的金融软件——为他们每个人设立了一个存款户头。电脑程序并不知道也不在乎这些户头是虚拟的，也就是说它们并不存在于一个有真实的出纳员和真实的钱库的真实的银行中。Quicken 对待这些户头就好像它们是真实存在的一样，我的孩子和我也是如此。

我设想让Quicken 在每个月的第一天自动地把孩子们的零花钱加起来——一个简单的程序，我用于我自己的（真的）储蓄账户中，用来按月自动扣除健康保险的费用。一开始，我曾希望Quicken 也能自动计算出我打算付给孩子们的存款的利息，并把零花钱和利息加起来，但是我没有想出怎样才能让软件这样做，如果它可以的话。因此我就自己用笔来手工计算利息并把它们输入电脑。

对任何一个经营为孩子开办的银行的人来说，一台个人电脑都是一个便利的配置，但不是必需品。我用电子手段所做的所有

20

的账目记录工作，也都可以用印在纸上的登记表来完成，或者，仅就此事而言，也可以记在一张白纸上。不过，使用电脑程序的一个最大的好处，就是对发生在系列事件以外的事项的记录，电脑程序使其简单化了，因此，举例来说，你可以回过头去把一些忘了支付的利息填写进去，而不必把在此以后的每一项记录都擦去、都重新计算。电脑中的记账程序也可以自动处理所有的数学计算，这样你就不用再担心自己会因为一些简单的加法或者减法做得不对而丢面子。(我用的是Quicken，不过还有其他的程序，包括微软金钱管理系统在内，也都不错。你也可以用一个简单的扩展表格，或者用你自己使用的处理程序制成的表格来记录孩子们的账目。)

在我第一次向我的孩子们说明有关爸爸银行的想法时，他们就对此感到特别的兴奋。他们为我做了商业名片和商标，我们用一个桌面打印程序和一个彩色喷墨打印机做出了一些足以乱真的支票。我最初的想法是，孩子们什么时候需要现金，他们就在一张支票上写上那个数目并交给我妻子或我，我们再把现金给他们；然后我再"清点"这些支票，用 Quicken 把它们记在账上。

不过结果却是，仅过了几天，处理这些纸就开始让人感到是一种麻烦，从那以后，我们就弃用了这些支票，让银行或多或少地以一种荣誉系统进行运营。孩子们需要钱的时候就要，我妻子或我把钱给他们并记下数目（假设他们的收支保持足够的平衡，足够支取），然后在某个时候我把这些支取记录都拿出来，把日期记在我的电脑上。偶尔我也会意识到，有几个现在差不多已忘记

了的事项偶然地没有被记录，于是我就会用一个对我来说是很公平的数目对他们的零花钱做一些调整。我们全都同意偶然有一些这样的记录是不可避免的，是储户、银行家和银行的性质所决定的。我出的每一个错都不很大，随着时间的推移，这些小错在账目上都被平掉了。

厨房里的提款机

如果我的孩子和我现在开始让爸爸银行从头再来一次，我可能会做一个家庭提款机，让钱的事情更简单化。我会在厨房里放一个盒子，在里面放进一些面额为 5 美元和 10 美元的钞票，价值为 100 美元。我会告诉孩子自己在里面取钱和存钱，并把每一笔交易的时间、性质和数目记在一张纸上，放进盒子里。我会负责现金的补充，并且阶段性地把这些记录输入我的电脑。

当然，这样的安排对有偷窃行为的孩子行不通。但是如果你有两个或更多的孩子，而且他们已经是半独立了，你可以让这种系统处于一种实际上的自我管理状态，你可以告诉你的孩子们，现金盒里的任何短缺，都要平摊给所有储户，由他们的账户全额赔付。那样就会让你的孩子们在彼此之间争斗，而不是向你哀求或者撒谎。（我从克利福德·罗伯茨那儿借来了这个主意，他是奥格斯塔乡村高尔夫球俱乐部的主席，他在60年代曾为俱乐部雇了两个顶尖的职业选手，并告诉他们，他们两个最好能友好相处，因为如果他不得不解雇其中的一个人，他就要把两个人全都解雇。

差不多四十年过去了，那两个职业选手还在那儿。）

在我刚开办爸爸银行时，我告诉我的孩子们，我将乐于给他们提供打印好的存款账目，只要他们需要。而且有很长一段时间，我都负责任地尽力把他们的支出分门别类地整理好，用一种我认为能引起他们的兴趣的方式———一种用Quicken还有其他的记账程序做起来很容易的巧妙的方式。（我对我自己的支出所做的是半强迫性的分类；我甚至有一类就叫做"未分类的类"，用来放那些放在别的地方都不合适的事项。）难道孩子们不想知道，比如说，在最近的一个季度里，他们在书、CD、糖果以及电子游戏上究竟花了多少钱？或者去研究一下显示在过去的四个圣诞节里，每一次他们都得到了多少钱的曲线图？但是他们对那些事情没有表现出丝毫的好奇心，他们也从来没有要过打印出来的存款账目，或者是提供有关信息的彩色图表。爸爸银行对办事员的严格要求的一面引起了我极大的兴趣，但是他们对此却几乎没有一点儿兴趣。孩子们感兴趣的只是他们目前的零花钱情况，他们最近的利息支付情况，以及依据近期所进行的艰难的谈判的结果，我是否记得调整了给他们的零花钱的数目。如果我不在，他们就会从电脑中调出他们的账目，自己来核对。

一开始，孩子们对忙碌的记账工作不怎么感兴趣，我觉得很失望，但是后来我认识到，我的失望是没有道理的。储户储蓄的目的是要获取报酬，而不是让爸爸扮演银行家的角色。对孩子来说，重要的也应该变得重要的就是回报率；我的心思一时被制造一个真的存款条的想法占据了，那是我的问题，不是他们的。我

从中得到的全部的教训就是：我让我们的银行越简单，它就运营得越好。

不重要的部分

在爸爸银行的早期历史中，我的孩子和我会在每个月的最后一个晚上，一起坐在我的办公室里，计算支付给他们的利息——这种练习给了我一个机会，使我能告诉他们平均数、百分比和掌上计算器。但是这个环节很快就开始让我们都感到很无聊，几个月以后，我的孩子们通常就会留下我一个人，让我自己来计算他们的收入。我最终决定，他们那样做也可以。不管怎么说，我也是希望照管我的投资的公司来负责大部分的计算工作，我没有必要每个月都要走进银行，帮助出纳员把我账户里的钱加起来，我也很高兴我不需要那样做。

如果你为你自己的孩子开设一家银行，我想你应该记住这一点。一旦我们的孩子长大成人，他们就会有足够的时间和动力，去学会每个月都留心银行的账目，保留税单，为像疗养院的床位和伙食那样的没有乐趣可言的将来而储蓄。而现在是让他们对生活中令人激动的部分感兴趣的时间。如果我们在这方面做得很好，那么责任本身就会负起责任。我们不想让孩子们觉得，和储蓄的价值相比，储蓄的麻烦更多，从而把孩子们从储蓄那里吓跑。我女儿不到 3 岁的时候，有一天她说过这样一句话："'责任'的意思是'很无聊'。"

满足孩子们的需要

给孩子们提供一个在成人世界看来是高得不现实的回报率，对孩子们有害吗？

没有。

孩子们在很多方面都有不同的需要和期望，我们成年人都没有恶意地满足了他们——比如，给小孩子买小尺寸的椅子，更舒服的衣服，更甜的食物，容易一点儿的书，短一点儿的滑雪板，味道更好一点儿的牙膏，以及有辅助练习用的轮子的自行车。这样一些对年少者的让步，并没有把我们的孩子惯坏；这些东西帮助我们的孩子建立起一些技能、习惯和信心，而以后当他们作为成年人，要过一种成功的生活的时候，他们就会需要这些技能、习惯和信心。我们不会对一个正在爬的婴儿说："嘿，在那儿等一会儿。你没有看见我正在跪着祈祷吗？"只是在关系到钱的时候，父母确实似乎是期望他们的孩子，从很小的年纪开始，就像成年人一样清醒而且慈善（或者，事实上，比成年人更清醒、更慈善）。那就错了。

道理虽然如此，然而不久我就发现，爸爸银行最初所给的利率过高。我的银行经营还不到两年，我的两个孩子每个人都设法存了400多美元。我担心他们的储蓄额很快会失去控制地飞涨起来——特别是，既然我女儿已开始受雇于别人去短时间地照顾小孩——于是我把孩子们叫进我的办公室，并且宣布我要把月利率降到3%。他们刚开始的时候曾大声抱怨，但是随后我给他们解释

25

了供需规律，并说它甚至也适用于钱的供给，并且指出，如果爸爸银行的钱用光了的话，对我们每一个人都没有好处。听了我这一番话以后，他们都严肃地点了头。改变已经约定好的利率，也给了我一个机会来形容一下可爱的古老的市场策略，诱售法。(不过，我仍然认为，5％的利率是比较好的、比较有诱惑力的。在爸爸银行的第一年或第二年，我还会提供这样的利率。)

关于爸爸银行，最让我感到惊讶的事情是，它持续了6年——远远超过对几乎任何一种家庭计划所期望的时间。我的孩子从来不认为我的银行是愚蠢的，我也不那样认为。他们最后放弃了对爸爸银行的使用，是因为那时他们已长成少年，爸爸银行已经不再适合他们——而那时候我们已经用一种更成人一点的方式替代了爸爸银行，我将在后面的章节里作出解释。但是到他们不再使用爸爸银行的时候，他们两个都已经成为受监护的存款人。事实上，在过去的 6 年中，他们除了过得非常奢华（就与他们有关的事情而言）之外，每一个人都设法轻松地累积起一千多美金的存款。当关闭我的银行的时间到来时，我毫无遗憾地关闭了它。我的孩子已经学到了我希望他们学的每一件事情。

银行记账与性教育

我的孩子立刻就抓住了隐藏在爸爸银行后面的想法，尽管在我们开始的时候，他们没有一个人真正明白什么是利率，什么是百分比，甚至银行到底是什么。我认为那没关系。事实上，我认为对重要的概念并不需要作过多的解释，特别是对年纪很小的人。正如斯波克博士对性教育的正确的观察所示，你给小孩子的信息不应该多于他们真正需要或者真想知道的。一个 3 岁的孩子问婴儿是从哪儿来的，他并不是在要求告诉他用流行音乐和剃须后所用的乳液来玩的那部分。

我不是说小孩子不能明白很多。我只是说，明智的父母应该抵制各种诱惑，不要用拉着孩子听有关联邦储蓄工作的讲座这样的做法，毁掉孩子刚刚萌发的对财政责任的兴趣。我儿子 6 岁时，仅仅通过观察他在我银行里的账户一个月又一个月都发生了什么，就对利率有了一个清晰的直觉的理解——尽管实际上在学校里，他和他班上其他的孩子，都还停留在加法和减法的阶段。他不可能告诉你百分比是什么，但是他知道，如果他的存款达到了 100 美元，他在那个月的月底就会收到一个另外的 5 美元。他也知道如果他把这笔新数目的

27

钱再存上一个月，同样的利率不是只用于原来的100美元，而是用于全部的累积存款——到那时应该包括他的零花钱，还有上一个月的利息。换句话说，他明白了复利的奇妙之处，尽管他不可能给你一个接近词典义的解释。（现在他可以了，但不是源于任何我教他的东西。）

然而，还是会有让你感到不得不做一些基本的解释和说明的时候，特别是当孩子问你问题的时候。由于总是处于这种情况，值得为此做一些准备。（快！电视机是怎样工作的！）为了避免尴尬，我已经为你做了一些准备。

银行到底是什么？

在生活的早期阶段，小孩子推想银行是一个大的、令人讨厌的商店，大人们去那里拿钱。大人们为换取那些钱所做的事情，如果有什么事情的话，对小孩子来说最初都是神秘的。我记得我很小的时候，有一次偶尔听到父母在为怎样才能付清一些可怕的费用而烦恼。喊，我当时对自己说，你们为什么不去那个大的大理石的建筑，抓上更多的钱呢？（这是我当时对银行的解释。）

毫无疑问，孩子们想要知道银行系统真正是怎样工作的时间肯定会到来。我想，回答他们这个问题的一种方式，就是让他们继续把银行看成是一个钱的商店。那意味着你得先告诉他们商店是怎样工作的。

商店到底是怎样工作的呢？噢，商店为了赚钱要卖东西。他们从什么地方得到那些要卖的东西呢？他们买的，为了赚钱，他们从做这些东西的公司买来的。（我的看法是，在这个时候，没有必要给他们讲什么供货商或者中间商或者股票经纪人。）为了维持生意，首先，一家商店卖东西的钱，得比买东西时所花的钱多。孩子们对这个观点应该没有什么问题，特别是他们自己曾经买卖过扑克牌、比尼宝宝玩具、漫画书、游戏卡或者其它什么东西的时候。

你也可以让你的孩子感到很惊讶，告诉他们，一家商店买东西所花的钱，同它要卖的价钱相比，通常都很少。玩具店里卖20块钱的洋娃娃，买来的时候大概只花了10块钱，假定一般的零售价涨价涨了将近100%的话。为什么有这么大的差别？噢（你可以解释给你的孩子听），想一想仅仅为了维持生意，一个玩具店的老板就要花多少钱。他们要花钱租店面，他们要为电、热和电话线付钱，他们要给他们雇来的人付工资，他们还要花钱做广告，让顾客能知道他们在卖什么，以及诸如此类的花费。支付所有这些费用的钱，就来自于玩具店买玩具时的买价（批发价）与卖玩具时的卖价（零售价）之间的差价。如果有剩余的钱，这家店就有赢利；如果钱都用光了，这家店就有亏空。

投机商是一种银行

另一个有用的例子———一个你的孩子可能很熟悉的例子——是投机商。投机商从制作录像带的公司买来录像带，然后把那些

内容相同的录像带出租给像你我这样的人。为了维持生意，投机商在出租录像带（还有卖糖果）上赚的钱就要多于它买录像带（和糖果）所花的钱，这还没有算上其它的费用，如房租、电费、支付的工资等。这样的安排对每一个人都有好处：你和我不用全额付款就可以看到录像带（也用不着去十几个不同的店查找，才能找到我们要看的带子）；在投机商那儿工作的人得到了工作，使他们得以挣到他们需要的钱，来租他们自己想要看的录像带；制作录像带的公司可以卖出大量的带子，比起卖给那些对他们想看的电影，买录像带看而不是租录像带看的个人消费者，数量要多得多；而从事投机买卖的人可以赚到钱——当然，假如每一件事都像预想的那样顺利的话。

银行工作的方式几乎与投机商的方式一样。不过，银行不是出租录像带而是出借钱。他们从一些人那儿借钱，然后再把这些钱借给另外一些人。当人们把钱存进一家银行时，他们实际上是把钱借给银行。作为交换，银行保护他们的存款并付给他们利息，或者让他们做一些像写支票这样的事情。然后银行把他们的钱拿走，并把它借给需要借钱的人，或者以其它的方式进行投资。只要银行向借钱的人收取的费用，高于它付给借出钱的人的利息，银行就能把生意维持下去。哈，就像投机商一样，不同的是，想一想它堆起来的是钱，而不是录像带。

当然，真正的银行世界要比那复杂得多，但我上面给出的例子涵盖了大部分的要点。如果你的孩子出于某种原因，想要知道更多的情况，你可以通过告诉他们一点儿有关购房抵押贷款的知

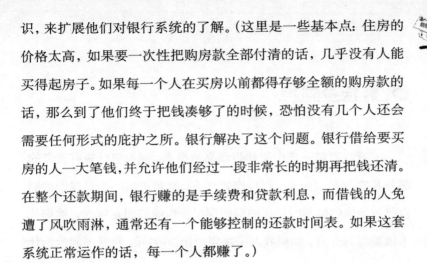

识，来扩展他们对银行系统的了解。(这里是一些基本点：住房的价格太高，如果要一次性把购房款全部付清的话，几乎没有人能买得起房子。如果每一个人在买房以前都得存够全额的购房款的话，那么到了他们终于把钱凑够了的时候，恐怕没有几个人还会需要任何形式的庇护之所。银行解决了这个问题。银行借给要买房的人一大笔钱，并允许他们经过一段非常长的时期再把钱还清。在整个还款期间，银行赚的是手续费和贷款利息，而借钱的人免遭了风吹雨淋，通常还有一个能够控制的还款时间表。如果这套系统正常运作的话，每一个人都赚了。)

你从为孩子开办的银行中得到了什么？和任何一个银行家一样，你得以使用储户的钱，只要他们的钱还存在你那儿。你的确不得不支付繁重的利率，但是作为对你所作出的牺牲的回报，你知道了你的孩子无须特别地努力装备自己，就可以长成一个在理财方面负责任的成年人，你从中得到了满足。而且如果设想一下，要是你的孩子在理财方面不负责任的话，你的生活费用将会是怎样的庞大，这时你所付的利率看起来就一点也不繁重了。

3. 责任与控制

不管我在前一章中怎样强调高回报率，爸爸银行最有意义的部分其实与利率无关。它与控制有关。我孩子的户头只属于他们自己。当他们储蓄时，他们得到利益；当他们想花钱时，他们并不需要得到允许。如果我儿子决定取出20美元，我并不问他为什么需要那笔钱——正如我存钱的银行也不问我一样。他用那笔现金做什么是他的事，只要他的存款足够他支取。

为什么孩子需要控制他们自己的钱？因为如果他们花的钱不真的是他们的，他们就没有一个迫切的理由来留心钱是怎样被花掉的。我的孩子花我的钱时经常是不负责任的，而且他们为什么应该负责任？可是他们花他们自己的钱时却是极其谨慎的。

我不是说有什么事在我的房子里发生。举例来说，我的孩子不被允许拥有麻醉剂或者手枪，他们也不能在吃饭的时候用糖果来代替蔬菜，或者在他们的房间里看电视。但那些是他们在家里的行为规则，不是花钱的规则。不过，在可允许的行为范围之内，我的孩子是可以自己做主的。如果我儿子想用他自己的钱，买某种无用的、我知道肯定会摔坏的东西，那是他的决定，不是我的。我会基于我所有过的各种各样的错误的购买教训，给他提一个小小的友好的建议——就像我会对任何一个朋友都会做的那样——但是我没有正式的否决的权利。要是我的孩子想把他们的钱愚蠢地花掉，那也由他们自己决定。

这个观念很难被大多数父母接受。难道一个9岁的孩子（假设说）真的可以被允许花100块美元买一个随身听（比如说）——一个很容易弄坏的电子产品，而她很可能在一两个月内就会把它弄坏或者丢掉？我的答案会是"对"，如果她所做的事不是由于受到胁迫，如果买随身听的钱真的属于她。（让我们假设，那笔钱是一个富有的阿姨给她的节日礼物。）我个人可能不会把我自己的100美元，花在为一个9岁的孩子买随身听上——但那是我的决定，因为我的钱是属于我自己的。不过，如果那个受到质疑的小女孩，想要那样花掉她自己的钱，那么她更有权利作决定。她要做的是，要么小心看管她所买的"大件"，要么学到一个她不会很快就忘掉的教训。①

我想，大多数父母犯的错误是，他们混淆了他们自己的钱与孩子的钱的界限，因而只能是让孩子们成为不负责任和令人讨厌的人。如果你自己的收入，只来源于你不得不从一个反复无常和斤斤计较的老板那儿乞讨，那么你也就得学会阿谀奉承。那些不能控制自己的钱又不想靠乞求得到钱的孩子，就会浪费掉他们手

---

①有一些显而易见的例子——在一些家庭中这也可能是其中的一个——就是潜在的遗憾与失望的可能性是如此之大，以至于父母不能忍受被排斥在孩子的事情之外，因此他们觉得也不应该被排斥在外。但是我们应该坚持基本的原则，即使有时孩子想做的购买可能是冲动性的，但是这样的情况并不多见，而且也不能据此表明父母的干涉是恰当的。

里的每一块钱。

是谁的钱？

在我的孩子还小的时候，我习惯于在我们去度假时给他们一些额外的钱，可能是 20 块或 30 块，让他们买些与旅行有关的东西。但是为了确认他们认为这些额外的钱是他们的而不是我的，我在离开家以前就把钱给他们（为他们存在他们在爸爸银行的账户上），并且告诉他们，这些钱他们可以用来在我们度假时买一件纪念品，比如 T 恤衫，也可以长久地储蓄，可以在我们离家前买棒球卡，可以丢了，或者做任何他们想用这些钱做的事——但是在我们度假时，他们不会再从我这儿得到额外的零花钱（除了一些与家庭度假习惯有关的公用的费用，例如买冰淇淋、电影票、小型高尔夫球场地费等）。

由于旅行期间他们所花的每一块钱都是他们自己的，因此他们在把钱扔掉以前就会多考虑几次。有一年夏天，在玛莎葡萄园①的一个纪念品商店里，我儿子，那时 7 岁，安静地站在那里研究一个不被看好的东西，而他的一个朋友则大声地向他的父母说好话，要他们花 5 美元给他买一把印第安人用的斧子。最后我儿子花了 3 毛 3 分钱买了一个没有开封的空心石，后来他是用一把锤子敲开的——即使从我有些疲惫不堪的感觉来看，也是一个好

_____

①美国东部一个度假地。——编注

价格。如果他花的是我的钱而不是他的，他会毫不犹豫地买一把印第安人用的斧子。（实际上，空心石是三个一组卖一美元，我儿子不想花那么多钱，所以他与店主交谈，说服店主把一组拆开只卖给他一个——他们的谈判我没有参与。）

我并没有告诉我儿子印第安人斧子质量很差。像我一样，他也很容易就能看到上面的裂缝，因为对他来说，这样做并不需要

感情上的考虑。另外那个孩子对拥有一个印第安人斧子的兴趣并不太大，他更愿意大声地、在公共场合里、在他与父母之间进行

的为自己的愿望而战的战斗中取得胜利，而且他从过去的经验中了解到，只要他惹出麻烦，他的父母最终都会投降。他对印第安人斧子的着迷，在他父亲掏出皮夹的那一刻就结束了。实际上，那把斧子在我们还没有走回汽车前就被摔坏了。

高级的父母管教

每个人都经常会看到（可能也会参与其中）同样的心理剧——例如，在超市。一个穿着滑雪服、戴着针织帽和无指手套、看起来很无聊的小孩，流着汗，步履沉重地走着、沉默着，直到家庭购物车快要满了，就开始缠着父母要买糖果、口香糖、漫画书，或者其它类似的东西。在众目睽睽之下，在陌生人的面前，父母不想显得自己意志软弱，就假装没有听见；孩子则转动着货架；父母含糊地威胁着孩子，以后要惩罚他；孩子开始哭叫，并且也可能跺脚或者抑郁地吊在购物车的前部。这幕戏要么是以对孩子的体罚结束，要么是以父母的彻底投降而收场，而这时在排队交款的长队中与他们相邻的没有孩子的人，就会幸灾乐祸地假装在看《国民调查》杂志的封面。

要避免出现这样的场景通常是可能的。第一步就是要了解，带一个很小的孩子去做一次乏味的购物远征，对父母来讲有很多好处，他们可以完成购物而又不用找人看孩子，也不用牺牲个人时间，但对孩子来说却没有什么好处，他们更愿意做些别的事情。如果把他们的角色互换一下的话，几乎可以肯定，做父母的会感到有权利要求得到补偿。("我们玩喂马吃草这个游戏已经玩了很长时间了，现在爸爸需要在沙发上躺一会，看半个小时的棒球赛"。) 而给孩子提供些补偿看起来不是公平些吗？

我认为给孩子提供一些补偿才是公平的。不过，和孩子打交道的技巧是，要保证给孩子的补偿是明确的、马上的、而且真正处于孩子的控制之下。一种方式，实际上就是雇用孩子做一个购物帮手。你可以这样对孩子说："我需要去做一次让人觉得很烦的大采购，而且我需要你和我一起去。在我们去商店以前，我会给你两块钱，你可以在商店为你自己买一件你喜欢的东西，或者把钱存起来，或者用这些钱做任何你想做的事。但是你在商店里要表现好，如果你表现不好，我就要把钱拿回来。"我认为先给钱很重要，因为那样做消除了孩子的疑心（经常被证实了的疑心），就是在经过可怕的无聊的一个小时后，你会编出一些理由，从而不用给钱。而且钱放在自己的口袋里，看起来要比放在别人的口袋里真实得多，因此也就会是一个更有力的诱惑。

当然，贿赂的多少、性质，要根据孩子的年龄与他们对钱的精明程度来加以调整。在我们的孩子还很小的时候，在去超市购物的途中，我们就告诉他们，要是他们表现好，他们就可以在超市的降价书区，为自己选一本"小书"（一两块钱的）。挑选他们的书常常就把他们的时间全占去了，一直到我们差不多把要买的日常用品都买好；而且读他们买的书或者一页一页地翻书，让他们在开车回家的路上也能保持安静——因此对所有的人来说，买书都是很有价值的事。

怎样与孩子谈判

提前给孩子一个刺激，不同于答应如果孩子做得"好"的话，就给他或她买一个"好东西"。后一类倾向的贿赂，常常导致另一种与之相伴的谈判，就是父母感到被迫要对孩子的建议行使否决权（"太贵"，"太甜"，"和晚饭时间离得太近"），而孩子则开始感到一定得那样做。[①]如果在处理父母与孩子之间的事务时没有明显的基本原则，那么对基本原则应该提前作出解释。

一个提前支付的好例子是另外一个做父母的人讲给我听的。这位女士和她的丈夫最近在家里举办了一个盛大的晚宴，而他们没有找到可以照顾他们两个小儿子的人。于是做妈妈的告诉她的两个男孩子，她希望他们在楼上玩到上床时间，而且不要做一个让人讨厌的人，不要在客人间转来转去。她给了每个孩子一人5张一美元的钞票，并且告诉他们，这些钱是给他们的报酬，提前支付，作为他们如果能自己照顾自己的报酬。然而，她说，如果孩子不是因为紧急的事下楼，或者惹出需要父母来干涉的麻烦，他们每下楼一次或者每制造出一次麻烦，她都会从他们每个人手里拿回一美元。

正如你可能期望的那样，两个男孩子表现得就像天使。他们知道那些钱真的是他们的，因为他们可以看到钱就在他们手里，他们不想失去它们。他们在楼上静静地玩，在他们的富有中作乐，

---

①当我的小孩子自己从袋子里拿糖吃时，如果这样做能为我买来不被打断的30分钟的话，我自己会很高兴。别的父母可能不会同意我的看法。

直到上床睡觉。

显然这样做也有一些危险，就是一个狡猾的小孩或者一个尽力让传统的免费的家庭功能货币化的小孩，会要求为他出现在餐桌前付钱，或者为他按时上床睡觉付钱。但是你可以控制那种危险，就像被期望的父母们应该做的那样——那就是，态度坚决。你可以向你的孩子解释，有一些令人厌烦的责任正是正常生活的一部分，对孩子如此，对大人也是如此，没有人会为担负这些责任而得到报酬。换句话说，没有人会因为上完厕所后记得冲水而得到报酬（尽管你可能在穷于应付的时候，提出不记得冲水就罚款）。不过在某些情况下给孩子报酬还是正当的，比如购买日常生活用品的"远征"，大型的乏味的大人们的晚会，我认为在这两种情况下就应该给孩子报酬。

享权利的好处

能真正控制他们自己的钱，迫使孩子正视并且衡量他们实际的愿望，也把父母从他们在家庭经济中长久以来不得不扮演的评判与敌手的角色中解放出来。如果我女儿决定她想要给她的房间添一件昂贵的装饰品，她不必说服我，让我觉得买那个东西是一个好主意；她得说服她自己。而且如果她决定征求我的看法，她知道，虽然大家都知道我不愿把钱花在对我没有什么好处的东西上，但我所给出的看法不会受此影响（尽管那些看法仍然毫无疑问地反映出，我对十几岁的女孩子的愿望的忽视），因为我们已经

在我的财产与她的财产之间，划出了合理的清晰的界线，所以这个过程本身就可以理性地结束。我女儿必须回答的问题不是"我怎样跟爸爸说，让他给我买这个东西？"，而是"这真是我想要的东西吗？"

允许孩子积攒并控制他们自己的钱，也使得父母可以不用再做许多不愉快的决定。"我不会给你买那个，不过你自己有足够的钱，你真想要的话你自己可以买。"这是我在家里经常说的话，以至于我的孩子现在常拿来残忍地取笑我。但是他们知道，他们现在比没有获得金钱方面的独立以前要好，同时他们的自由也让我获得了自由。一件特别的首饰或者一个电子游戏"值那么多吗"？父母会说什么？不过我妻子和我不再是那个不得不做决定的人了。

几年以前，我的两个孩子在他们之间决定，他们想要拥有一个叫做CD发烧友的个人电脑配件——一种不仅能播放CD而且也能录制CD的电脑配件。他们告诉我，如果我能为这个配件付钱，并把它安装在我们家任何一台要升级的电脑上，他们就会在我需要的任何时候给我制作CD，使我能迅速地赚回我的投资——大约300美元—— CD由他们自己制作，在上面录有我喜爱的歌曲。我告诉两个孩子，我对有机会接触CD发烧友有兴趣，但不是对整件事有兴趣，因为这件事的主要受益者，毫无疑问是他们两个。他们看到了我的立场。在简短的谈判之后，我们同意把花费分成三份。我们也同意我负责安装，把配件安装在他们的一台电脑上，而他们会在我要求的时候为我制作CD。

这次谈判所用的方式，正是家庭金融谈判必须要采用的方式，我认为。我知道一个 CD 发烧友对我有什么价值，我的孩子也知道它对他们有什么价值——所以我们达成了协议，而且每个人都无须抱怨、甜言蜜语地哄骗或者尖叫。如果孩子们对他们的钱没有绝对的控制，事情是不可能有这样的结果的。我知道他们是认真的，因为他们愿意真的拿出他们自己存的一大笔钱来买这个东西。(他们想到并找出了一个说服我分担部分费用的办法，我对此感到非常骄傲。)我们做得都很有理性，所以我们也很快就解决了这件事。

需要与愿望

我儿子和我曾有过一次类似的谈判，是关于他的自行车。在看到一辆属于他朋友的全新的自行车以后，他就不再满意他的自行车了，他告诉我他想要一辆新车。我告诉他，他目前拥有的自行

车（是我和他妈妈给他的礼物）很不错，而且他还没有因为长得太快而不能骑，所以我不认为他的自行车需要升级。然而，我说："你目前的自行车还有使用价值，而且你也已经存了一些钱。如果你用你的自行车做交易，或者卖了它把收益用作买新车的钱，那你自己有能力买一辆新车。这是你的决定——不是我的。"他认真地从各种角度做了考虑，最后决定他根本不需要一辆新车。因为他控制自己的事情，所以他理性地作出了决定。

如果我儿子不能控制他自己的事情，我们的讨论，不管是怎样结束的，只可能是基于感情的基础之上：

"我需要一辆新自行车！"

"不行，不可以！"

"我就要！"

"不行！"

"我就要！"

"不行！"

"我就要！"

"不行！"

所有这些对不相关的而且最终都无法解决的事情的争论，例如自行车有二十七档是否足够，或者铝能否间接地同钛相比较，或者一个朋友的自行车到底是更好一些还是不是，都不可避免地会陷入僵局。（顺便说一下，如果你发现，你在同你的孩子的战斗中，要被迫为一个无法防守的事情进行防守的时候，这时把争论的焦点从主要的问题上移开，是一个很好的变通办法。）

但是关键是不要涉及一辆新自行车是否"更好"这样的问题——显然，新自行车是"更好"。关键是"更好"是否值那个价钱。决定只能由控制钱的人来做，而且也只有在控制钱的人也是从花钱中获利的人时，这个决定才会是恰当的。

这个原则极其重要，因为没有控制就不可能有责任。那些强烈地拥有意识的孩子，与那些没有这种意识的孩子相比，会更好地照管他们拥有的东西。一辆自行车不仅仅是一种交通工具，如果骑车的孩子把它看成是一种保存价值的形式，或者，再上升一个层次，是一种货币形式的话。即使我儿子对他的自行车失去了兴趣，他仍然明白自行车是他的，对他的良好的经济状况有所贡献，如果他把他的自行车扔在雨中，自行车就会减少价值，会因此让他变得更贫穷。拥有的意识，也正是大人们对待他们自己的汽车比对待租来的车要好的原因。我们要鼓励我们的孩子，对待他们的财产要像一个拥有者，而不仅仅是一个租用者。我们肯定不想鼓励他们做起事来像是一个擅自占用别人东西的人。

对自由的限定

控制并不总是一件简单的事。有许多这样的例子，就是父母可能强烈地感到，有必要保留控制某些花销的权力，否则的话，孩子可能会自作主张，而且在这样的例子中，常常是父母要作好付钱的准备。举个例子来说，如果你17岁的儿子经过好几个暑假，挣够了给他自己买一辆汽车的钱，你可能会称赞他很勤勉，但是

也可能会表明作为父母，你对优良品质的范围的看法，同时宣称你自己是他买的车的安全带、气囊、刹车和轮胎的拥有者。你也可以指定你自己为家庭交通法庭的主法官，表明你有怀疑青少年开车时很粗心的权利——甚至对那些有自己的车的青少年也有怀疑的权利。

年轻人有金融上的自由是一件好事，但是对一些重大的安全性问题的决定，不能根据少年的钱夹里的内容来做出。如果轮胎瘪了，你希望得到保证，保证它们会被更换，而且是马上被更换，那么最好的办法就是你自己拥有它们。你可以让你的孩子继续拥有车的大部分，但是你也可以让孩子更清楚，就是只要他的财产大部分是你的责任，那么在刹车剂等事情上就不能吝啬，而且任何违反安全驾驶标准的做法，都将受到严厉的惩罚。

准确地说，你们要想在这样的一些金融细则上取得一致的意见，可以说取决于多种因素，包括你自己的财力，你的孩子对一般责任的负责任的程度，以及你家里在一些金融事务上的典型的分工方式。对这个话题，我在下一章有关零花钱的内容中，还有更多的话要说。

4. 零花钱

每一个孩子，只要长到足够大，大到可以模模糊糊地意识到钱的存在与作用（同时也不再是小得还对吞硬币感兴趣）的年龄，就应该得到零花钱。孩子需要有自己的钱，而给他们零花钱，就是保证他们有零花钱的最好的也是最容易的办法。我想不起来我的孩子是在他们多大的时候，我第一次给他们零花钱的，但我希望那时他们还很小。

不同的人对给孩子零花钱有不同的看法，但是几乎全世界所有考虑周到的父母都持有某些相似的观念。在这些被广泛持有的观念之中有：孩子的零花钱应该被限定到足够的少，以免他们乱花钱；应该要求孩子把给他们的每一笔零花钱的一部分存起来；应该要求孩子把给他们的每一笔零花钱的一部分用于做善事；孩子的零花钱应该与完成一定的家庭义务联系在一起，比如说清理烟灰缸。

我不同意上面的这些观点。我会讨论这些观点，每次谈一点。

应该给孩子多少零花钱？

在父母中间，有一种很强烈的同时在很大程度上还没有被意识到的愿望，就是让孩子被迫处于一种半贫穷状态。在大多数家

45

庭中，钱至少部分是一种控制手段，而且没有多少钱的孩子似乎更容易控制，因为他们自主行动的机会受到了限制。在成年人中间也有一种广泛的共识，也许可以追溯到我们的严守贫困生活的清教徒的祖先们，就是贫穷有益于灵魂。

我自己的感觉是，让孩子持续处于极端短缺的金融控制之下，只会让他们在理财上面更不负责任。英国有一套很有意思的为儿童写的书（写于 20 世纪 20 年代到 70 年代之间，作者是一个叫

瑞奇摩尔·克朗普顿的女人），写的是一个叫威廉·布朗的11岁
的小男孩，在他长年的困难之中，其中的一个就是没有足够的钱。
他的零花钱极少，而且他就连那点极少的钱也很少能拿到，他的
父亲因为他破坏了或者毁坏了或者丢失了某些东西，而不停地减
少他的零花钱。结果就是，在极少的场合下，当他和他的朋友突
然得到一点钱的时候，他们会立刻而且冲动地把钱全花光，在某
些怀有恶意的成人能够想出一个借口把他们的口袋掏空以前，就
全花光。他们不是存钱的人。他们的金融计划最长在当天也就会
结束。在他们长大以后，他们使用信用卡时也会最大限度的超支。

像威廉·布朗那样的孩子，他们只是偶尔能得到零花钱，而
且给他们的零花钱也是非常小气的，他们当然没有任何理由想到
"长期"这个概念。他们看不到任何要存钱的理由，或者在可能购
买什么东西时进行比较，因为他们知道，他们的收入实在是太少，
根本不可能把钱积攒到可以做一件意义重大的事情的程度。当这
些孩子真的有了一点钱的时候，他们倾向于毫不在意地就把钱花
掉；在其余的时间里，他们依靠哭叫、甜言蜜语地哄骗、还有生
日礼物来渡过难关。他们对钱一无所知，除了知道钱从来都和他
们没有什么关系以外。

要把这些孩子转变成负责任的花钱者，需要给他们机会去花
钱。他们需要有机会去作出聪明的或者愚蠢的决定，而且需要经
常地给他们那样的机会，那样一来，他们就会受到强烈的冲击，
知道明智与愚蠢都同样的真实也同样的重要。对那些对他们的钱
极少控制或者没有控制的孩子来说，一张10美元钞票的突然出现

或突然消失，都像是上帝的行为：是难以了解的也是不可预测的，所以为什么要制定计划？我也是直到我有了足够的钱，可以不时地浪费一下的时候，才开始真正地对我自己的钱负起责任来。

当然，如果挣到的钱只够勉强维持生活，那花钱又有一定的严格的准则，但是贫穷是一个十分有限的老师。你希望你的孩子学到的，不是怎样一无所有却漫无目的、糊里糊涂地混日子，而是怎样聪明地管理一种富裕的生活，这种富裕生活与你期望他们将来作为一个工作着的成年人时所获得的相类似。你想帮助他们在精神上为成年生活的某些时刻做好准备，为读完研究生，为开始多赚一些钱、而不再是仅够买日常用品与仅够付房租，帮助他们为此做好准备。你想帮助他们在做聪明的选择时能做得越来越好，而你能做到这一点的唯一的办法，就是给他们选择的机会——而且，偶尔给他们一些失败的机会。

孩子应该得到多少零用钱？具体的数额要根据许多不确定的因素来决定，其中包括父母的财产情况，孩子的年龄和成熟情况，孩子其它来源的收入情况，以及如果有要孩子担负的理财方面的责任的话，那么有什么类别的理财责任期望由孩子来担负，特别是孩子的同学和朋友收到多少零用钱。但是下面这些对我来说是合理的指标：孩子个人的金融财产（包括阶段性从亲戚那儿得到的现金，给别人看小孩得到的报酬，以及其它形式的收入）每年加起来，其总数应该比孩子感到够了要多。也就是，一份零用钱要足够多，要超出日常绝对必需的花销（也包括储蓄，如果有吸引人的机会的话）所用，尽管也不应该多到这样的程度，就是钱多得看起来是不真实的或者是取之不尽的。如果没有给我儿子机会，使他经过一段在他看来是合理的时间，能够储存起足够的钱做可能的交易，那么，我儿子当时决定不买一辆新自行车（他的这个决定我在前一章中描述过），他这个非常成熟而且理性的决定就会是毫无意义的。如果他已经设法堆积起这么多的钱，可是所做的选择与他没有任何关系，那么他的决定也可能是毫无意义的。（我孩子的一个朋友，有一次很粗心地把一大叠钱丢在他房间里，就像丢掉有味儿的旧袜子一样；那样的话，就说明给孩子的零用钱太多了。）

我想，理想的状态是，和他们大多数的朋友相比较的时候，孩子们应该觉得既不太富也不太穷，而是"含糊"地觉得"挺称心"（假设他们的父母让他们那样觉得的话）。如果他们失去了相当于一个星期的零用钱，他们就会感到懊悔和沮丧；如果他们找到相当于一个星期的零用钱，他们的第一反应也不是马上跑出去买糖果。

开始确定给孩子的零用钱的数目，最好的办法就是经常问他们，他们认为他们需要得到什么，他们认为什么样的支出应该由他们个人来完成。多年以前，我的两个孩子曾让我感到吃惊，因为他们要的钱比我想给他们的要少。（大多数的孩子，就像大多数的成年人一样，低估了他们的花费。）我们经过了试验、失误还有一系列的谈判，才达成了目前给他们的零花钱的钱数，而且两个孩子都明白，现在的钱数随时都可以调高或者调低，如果条件改变了的话。（应我的要求，当我的孩子要求给他们增加零用钱的时

候，他们要把理由写出来———一个十分有效的练习。一个额外的好处是：他们不可能在纸上抱怨。）他们目前花的钱都少于他们得到的钱。那就证明了我的观点，给他们的零花钱正合适。

你开始给你的孩子零花钱时他们年龄越小，你也就越容易确定给他们的零花钱的数目，因为随着他们年龄的增长，对他们的需要、习惯、还有他们的弱点，你也了解得更多，你也将有更多的机会和他们的朋友的父母进行交流。同时你的孩子对给他们多少零用钱更公平，也会知道得更清楚。

显然，如果不是成百上千，也有很多的例外。有或者可能有吸毒问题的孩子，大概就不能定期给他们现金，给的话也只能是很少的一点钱。对那些讨厌花钱的孩子就需要哄他们把手松一松；对那些先花钱后问问题的孩子，就需要慢慢地加以引导。终极目标是给他们一些操作上的空间，这样他们就可以自己发现真正的责任。给他们多少自由让他们能合理地处理事情，完全由你和他们来决定。（我通常的建议是：如果犯错的话，也应该是因为多给了自由而不是少给了自由。）

应该要求孩子把零用钱的一部分存起来吗？

不。储蓄除非是自愿的，否则是毫无意义的。这正是第二章和第三章所讨论的内容。如果你自动地每个月都把给你孩子的零用钱扣掉一部分，并且轻松地存入银行，你的孩子永远也不会认为被没收掉的那部分钱是他的——特别是如果你的意愿，是把他

们的"存款"用于供他们上大学，或者用作其他对他们来说是遥远的未来的一些花费。如果你让你的孩子真正控制他们的钱，并给他们提供一个有吸引力的回报率，他们将会自己去储蓄。

给年龄大一点的孩子一些有吸引力的、有意义的机会，鼓励他们存钱，可以说是有技巧的：在第六章，我将描述一些我认为可以吸引孩子存钱的办法。

应该要求年龄大一点的孩子把他们的部分零用钱捐出去吗？

答案又是，不。善事不再是善事，如果礼物不是施舍的人给出去的话。当父母要求他们的孩子，每个星期或者每个月捐出一定数目的钱时，父母实际上是狡猾地没收孩子的财产，那些父母相信是多出来的额外的财产。让孩子给出一些钱，实际上那是父母在给礼物，不是孩子。如果你一个星期给你的孩子 10 美元的零用钱，而要求他把一美元放进教堂的善事盘里，把两美元存进一个不许碰的银行储蓄账户里，那么他一个星期的零用钱实际上是 7 美元，他也知道这一点。

善事是不能用强迫的手段来完成的。教孩子做善事的方法，不是通过命令而是通过榜样。如果你的孩子看到你愉快地给出你的一些钱、财产、劳动或者是时间，他们自己就会产生这种想法。当你开始做出这些令人钦佩的榜样的时候，你孩子的年龄越小，他们也就明白得越快，做得越热心。

你应该给你的孩子机会，让他们看到你用你自己的财产做善事，

做一个慷慨的人，而不需要太多的自夸。解释给他们听——偶尔地，如果可能，谦虚地——你为什么捐钱给红十字会，或者把旧衣服捐给善心俱乐部，或者在当地的慈善舞会上服务。不仅告诉他们，你希望你的捐赠能为别的人做些什么，而且也告诉他们，你认为这些捐赠给你带来了些什么。不要说教，只是让你的孩子看到，关心别人是你的生活中经常的、自然的一部分。如果你不是做得太失败，那么关心别人也可能将成为他们的生活中正常的、自然的一部分。

特别是年龄小的孩子，在需要他们作出奉献的时候，实际上并不太需要别人的推动。当我第一次问我的女儿，那时她四岁半，她是否愿意在一般的银行里有一个储蓄户头时，她问道："穷人能得到我的钱吗？"

"不能，"我说，"你账户里的钱将属于你。"

"我愿意穷人能得到我的一些钱。"她说。

"你真是太好了，"我说。"妈妈和我把我们的钱也捐出一些。这是一件好事。"

"我愿意那样做，"她说。"他们能用它买一些钥匙，或者一辆小汽车。"

现在她已经足够大了，有她自己的支票簿和信用卡（不用提到她自己的钥匙和小汽车），而她仍然捐出她的钱，而无须我或她妈妈或别的人来促使她去那么做。通过她收到的垃圾邮件来判断，我能猜到她最喜欢的捐赠的理由，不一定是我喜欢的理由，但那是她的事。

我的两个孩子都把制作慈善礼物和做慈善活动看作是个人的义务。但是他们是在没有父母的推动与强迫的情况下达成这种认识的。我们作为父母的工作，就是帮助我们的孩子把他们自己准备好，为这一天准备好——这一天会比任何人所设想的都来得早——就是我们不能再把他们指挥得团团转的那一天。如果我们把付出弄得像是惩罚，那么只要他们能够独立就会立刻反抗我们。但是如果我们让付出看起来是自然的、值得赞赏的甚至是一种对个人的报偿，他们也就会自己获得这样的想法。

应该让孩子不得不做一定的家务来得到零花钱吗？

提到这个问题，许多父母都很容易发火——但是通常都是由于一些错误的理由。我相信应该给孩子零用钱，而且我也相信孩子应该做些家务活，但是我不相信这两件事应该联系在一起。

做家里大多数的房前屋后的家务活不是工作；那是一种经常性的家庭义务，每一个身体没有问题的家庭成员都应该参与其中，对此不应该有什么疑问。（至于例外的情况，参看下一页。）比如说，如果你相信，让你的孩子每天早上把床整理好，这件事很重要，那么你不应该给他们或者给你自己提出建议，就是让他们那样做你需要付钱给他们。① 那些让一个家庭得以平稳运转的日常的

---

①整理床铺在我们家中从来都不流行——除了我们的女儿，她从来没有过不整理床铺的时候，也从来不需要别人提醒。——那并不是说我们家的其他人就有了在道德上评价别人的铺床习惯的权威性。不知道是什么原因，我妻子和我更喜欢在上床睡觉时把床整理好，而不是早上起床后马上就把床整理好。我还有一个理论，就是整理床铺是隔代进行的，因为我妻子和我在我们小的时候，都曾被要求整理自己的床铺。

世俗的活动，都应该由家里所有身体没有问题的成员来分担，不同的年龄的人，分别做适合他年龄做的事，就是那样。

把一项家务活与零用钱联系在一起，就把家务变成了工作，而且就制造出了一种可能性，就是干活的人有一天可能会决定退休。绝大多数孩子从来都没有做到这一步，可是他们很可能会这

样做。"我现在觉得有点晕，"你儿子可能突然会说，"所以我决定暂时停止打扫卫生。你为什么不把我余下的那点零用钱用在对你有好处的事情上？"事实上，和完成一项家务活联系在一起的零花钱，并不像是一种工资，它更像是一种赎金——而且这种实践的结果可能和你所期望的正相反。

零花钱

我也认为，父母确定或者即使是提议，把孩子在学校里的表现，与给他们零花钱，或者任何以钱的形式出现的补偿，联系在一起，这样做是错误的——这是父母常常做的事情。为成绩付钱所引起的问题，要多于能解决的问题。这种做法暗中把在学校里做好的责任，从学生（工作的人）身上转到了父母（付钱的人）身上，它开启了心理战的新战场。在这个世界上你应该做的最后一件事，就是制造这样的可能性，就是你的孩子某天早上决定，她要停止认真地听英语因为她不再需要现金了。你肯定也不希望你的儿子对通过代数考试，养成了一种"拿起－这项－工作－然后－把它－推到－一旁"的态度。

不过，我确实认为，在孩子做一些日常家务范围以外的家务劳动时，应该付给孩子钱。有一些工作太琐屑，太大，太不规则，或者太特殊，因而不能仅仅当作家庭义务来对待——比如说，每年一次的清扫狗窝，或者修复一个成年人的、本来已经觉得没有希望能修好的、被弄得一团糟的硬盘，或者修剪草地（如果你在外面公开的人力市场上雇人的话，这项工作会花掉你不少的钱）。此外，大多数的孩子需要，而且偶尔也欢迎这种挣钱的机会，因为他们赚到的钱，比他们在使用零用钱和其它来源的收入时设法节省下来的钱，要多得多。要提醒一句：这种父母与孩子之间的雇佣关系，经常会让人在感情上犯愚蠢的错误，而且当年龄小的孩子发现一个小时有多长时，常常会被吓住。

出于同样的理由，我认为当孩子照看家里的兄弟或姐妹的时候，应该给他们支付报酬，而且是按照当地市场的价格来支付。

这样做可以建立这样的观念，就是留在家里负责任是一种特殊的恩惠，而不是惩罚。（再者，你付钱给不可信赖的陌生人，让他来照看你的小孩；那么为什么不可以由你自己更合适的孩子来照看呢？）此外，我认为这种照看婴孩的报酬，应该在照看者与被照看者之间合理地分配，如果后者已经足够大，大到给他们一些现金做诱惑时，他们可以表现得很好，可又没有大到可以把他们单独留在家里。对双方都付报酬，可以极大地减少家庭内部的怨恨——当照看者只比被他们照看的孩子稍微大一点的时候，怨恨情绪将是一个特别大的问题。（一旦家里所有的孩子都成熟到可以被单独留在家里的时候，就不再需要因他们彼此留心照看，或者让他们照顾自己，而付给他们钱。事实上，到了那个时候，如果付钱给你就能让你离开房子，他们大都可能会更高兴。）

把日常的家务与随意的一件工作分开处理，是可以接受的技巧。我妻子还只有十几岁的时候，她父亲每个星期都付钱给她，让她修剪草坪，这是一项她极为痛恨的要花费很多时间的责任，因为她的父亲对他的院子，是对任何一个小地方都非常在意的人。曾有一天，她问她的父亲，她可不可以剪得粗糙一些，而得到的报酬也少一些。正像你能想像的那样，这个提议大大地激怒了她的父亲。但是她的提问从经济学的角度来看是精明的，它揭示了她父亲在工作安排上的缺陷：在我妻子的家里，修剪草坪不是一项真正的工作，因为（唯一的）雇员没有辞职的权利。在真实世界的自由市场中，我妻子的父亲可能做的会是，要么满足她的要求，要么找一个更顺从的雇员来取代我妻子。而当时的情况却是，他们大吵了一架。

人类的天性

　　父母们有一种自卫的倾向，就是把几乎所有他们让孩子做的家务活，都看作是一般的惩罚的形式，他们的目的是想以此来提醒他们的不知感恩的后代，生活是怎样的艰难与复杂。维持一个家庭的运转有太多的工作要做，而如果孩子不是解决方法的一部分，那么他们就是问题的一部分——那正是大多数父母的想法，至少是潜意识的想法。让孩子们在房前屋后做事是一种方式，一种强迫的方式，让孩子了解，父母为每一个生活在屋顶下的人创造了如此好的生活，要克服多少的困难。

　　而下面的做法可能会更经常有效，就是当你给孩子布置家务活的时候，首先想到利用孩子自己的私利，那就能产生特别的力量，假如你知道在哪儿可以找到这些私利的话。大人们更愿意做一切不用动脑子的家务（付清账单，清扫落叶，刮掉护窗板上的旧油漆），因为他们很容易就能看到，他们的努力与他们自己良好的生活状况之间的联系。如果我使我的房子的外观一直保持一个良好的情况，我顺着这样的思路想着，那么我用于房屋长期维修的费用就会降低，我的财产就会升值，我的邻居在路上碰到我的时候，就不会用瞧不起的眼光看着我。这些对成年人来说很有力的做事的动力，对大多数的孩子来说却没有什么意义，特别是对年龄小的孩子——也不应该对他们有什么意义。期望你8岁的孩子对暴风雨中的窗户的关心，达到你自己所感到

的那样紧急的程度，这是不现实的，因而也是无用的。

如果你关心孩子的需要与利益，就像关心你自己的需要与利益一样，那么你就能从他们那儿获得更有用的劳动，并且帮助他们最终长成更好的人。下面是一些例子：

小孩子没有必要把整洁看成是一种改善。这也是他们让他们的房间难以下脚的一个原因。而他们一旦认定混乱已是一个问题，那一定是混乱到了没有希望收拾好的程度。从这种烦恼与束缚之中解脱出来，他们可能需要你的帮助。

最有效的帮助他们看到整洁的益处的办法——也因而帮助他们在这方面变得完全可以自理——就是不要把整理房间当成是对不整洁的处罚（"回到你的房间去，直到你的房间看起来不再像猪圈为止！"），而是看作走向更好的生活的关键。那样做，首先要求你自己要参与进去，并且把你的最初的努力集中在最可能对他们带来明显的利益的那部分工作上。

举个例子来说，我女儿还很小的时候，有一天，我们对她整个游戏室令人不安的杂乱状况先置之不管，而只清理壁橱——一个界限非常清楚的，看起来对一个3岁的孩子来说不是不可能的家务活。随着我们对乱七八糟的壁橱的逐步整理——这种混乱已经被藏在关着的壁橱门后面好几个月了，我们找到了好多她已经忘记了的玩具，于是我们停下来玩这些玩具。我们扔掉了很多旧破烂，并且把剩下来的东西整理好。我们两个都从中得到了乐趣。对她来说，那天清理壁橱看起来更像是寻宝而不是惩戒：她能看到这一点。而且她喜欢这个工作的事实并没有让她的性格变弱；

它有助于说服她，把她的东西清理干净对她有好处。

我们在壁橱里的冒险活动，也加强了所有与家务相关的课程中最重要的一课，那就是最后在起作用的是那些能使利益增加的努力。大的工作经常是看起来太大，而让人难以开始——特别是对小孩子来说，有时对大人来说也是如此。你可以帮助你的孩子（也可能是你自己），做给他们看，如果你先把大的工作分成几个容易处理的小部分，那么只要把小的努力加起来，就能成功地把大的工作处理好。那样做并不是在纵容孩子。你实际上是对你孩子的生活管理技能，做一个稳定的长期的投资。

我们开车做一次长途旅行之前，我的孩子和我都会给我们的小旅行车的内部做一次彻底的清扫。那是我们经常做的事情，从他们很小的时候就开始了。我从来没有把这件事当作是一种惩罚，也从没有说过我们正在清理的脏乱是他们弄的。我们总是简单地把清理汽车当作是为出去度假做的准备——而且我们都为此感到很高兴，它让我们感到，出发去海滨的时间就在眼前。

从卫生的角度来看，度假回来后立刻对汽车做一次大清理，一年中主要的一次大清理，可能会更有意义——那时汽车里会满是沙子、糖纸以及两个星期的旅行积聚起来的碎砂石——但是那样做的话，清理汽车即使对我来说也是一件令人沮丧的事。而在出发前做这项工作，能让所有有关的人都觉得既有趣，又能立刻从中受益，它使每个人都对结果而不是对过程感兴趣。

今天，我女儿开的车在大部分时间里都是我们家里最整洁的车。她和她弟弟（经常搭她车的人）都把保持车内整洁看成是一

种个人的兴趣。他们把那辆车看成是他们的，如果我妻子或我在车里留下了垃圾，他们就会让我们知道。没有人曾告诉他们要清洗那辆车。他们一觉得自己是那辆车的拥有者，马上就做得像个拥有者。当车子被弄得脏乱不堪时，他们就会清理他们的车，所做的就是以前在去旅行以前，他们清理小旅行车时学会做的事。

✳ 几年以前，我女儿刚刚拿到驾照这件事，极大地激发了她

对她生活中所有与汽车相关的事情的兴趣。她开始开车不久，我就向她指出，如果我们两个花一两个小时把我们的车库清理出来——车库里那时堆满了垃圾桶、铲雪用的铲子、秋天的落叶还有一些乱七八糟的垃圾，以至于仅仅能把我的车挤进去——那么她就可以把她的车置于车库屋顶的保护之下，而不是再把车停在车道上，她那段时间把车停在那儿。她以极大的热情完成了这项工作，我们把车库变成了一个展厅。她现在把她的那一半保持得洁净无比，而无须我给她施加压力。

*几年以前，在我们去我岳父母家看望他们的时候，我岳父让我儿子，那时七八岁，把落叶从门廊的房顶上扫下来。这个工作需要我儿子从卧室的窗户爬上门廊的房顶。他喜欢从窗户出去，他也喜欢一个人呆在房顶上，他也感谢给了他一个严肃的、大人的工作。结果，他干得很努力，始终如一，而且也很好。

其中的教训是：如果你给你的孩子一项家务活，夸奖他们，让他们觉得自己确实有用，而不仅仅是被剥削，他们将做得更努力——更重要的是——他们将会明白为什么家务活对所有的人都有好处。

请注意：我不是坚持应该只给孩子安排能引起他们兴趣的家务活；我只是建议，当你安排你的孩子干些家务活的时候，如果你清楚，让他们做哪些事更符合他们自身的利益，那么他们做起这些事来就会更卖力，而且需要更少的监督，如果你有点儿运气的话，他们会开始主动地做一些有用的工作，而不需要你的唠叨。如果你做些努力，不把做家务看成是一种惩罚形式的话——其实对很多父母来说，家务活就是家务活——那么你孩子会有积极的反应。你干家务活是因为你看到了利益；你也可以帮助你的孩子逐步形成一种意识，就是做家务活对他们自己有利的意识——不过这样做，需要你有一些想法还有一些创造力，因为在这种情况下，发现做什么事对孩子有利，要比发现做什么对你自己有利更难。

关注零花钱的支付情况

上个星期我收到了零花钱，还是没收到？在我还是个少年的时候，我老是想着这个问题。我总是能把这种不确定性变得对我有利，因为我父母不像我那样，他们不记得是否给了我零花钱。

解决这种困扰的一个方法就是采用一套体系，这是由一位有名的家庭理财顾问建议的，我最近刚刚读到他写的书：给每个孩子一本有52张零花钱收据的小册子，每一张收据都可以换取零花钱。而零花钱是按星期支付的，钱数是已经说好了的。这种解决方法听上去很文雅，不过我个人认为有点过于费事，恐怕在大多数家庭都难以坚持很长时间。我的孩子常常会在第二天就找不到前一天穿过的鞋子，让他们整整一年都要把一叠纸条紧紧攥在手里，他们又会怎么样？同时，掌握零花钱的支付情况是付钱人的责任，而不是被支付人的。如果你的老板在新年的第一天递给你一叠纸，并告诉你最好别弄丢了，你自己也会发牢骚。

我认为，解决这个问题的真正简单的办法，就是在零花钱支付过程中，完全不需要依赖人类的记忆力。如果你使用电脑为你的孩子开办银行，你可以在电脑上设置好，让电脑每隔一定的时间自动地记账。（如果你开办自己的银行却用手工记账，那你同样可以在纸上做这件事情。）如果你的孩子大了，可以在真正的银行里有活期存款，你可以安排好，让银行每个星期或者每个月，自动地把钱从你的账户转入他们的账户。我现在正是这样做的，这个办法简单易行。让银行自动支付零花钱，也使这个过程解除了感情上的困扰：你的孩子不会再要求（或者恳求）你付给他们你已经同意给他们的钱。

给大孩子的零花钱

随着孩子自己变得更加复杂，零花钱一事也变得更加复杂了。十几岁的孩子在钱上面的需求，要比学龄前的孩子多，他们有汽车、流行、性以及种种方面的需要，因而也更不容易弄清楚。如果你的孩子几年来一直是有规律地收到零花钱，那么到他们长成少年的时候，一个合理的体系可能已经自发地形成了。或者你也可以四处去打听打听，问问别的父母现在给他们的孩子多少零花钱，也问问你自己的孩子他们需要多少零花钱。没准他们会让你大吃一惊。

在我女儿13岁或者14岁的时候，她决定她需要有服装方面的零花钱，我们就她的这个想法试了一段时间，结果发现每个人都不满意。有许多复杂的因素，其中主要的一个因素，当然并不让人感到惊奇，是与控制有关。如果你让你的孩子负责自己花钱买衣服，那么你也就不可避免地是让他决定他要穿什么样的衣服。那些在一般父母看来还是不可缺少的东西——没有穿破的牛仔裤、还不错的鞋子、暖和的冬衣——在那些对预算很清楚的十几岁的孩子看来，都是需要被更换掉的。我女儿的情况更为复杂，她所在的学校对学生的着装有严格的要求，可某些规定又很宽松，这些再加上其他环境的影响，使我们一个星期接着一个星期，在有

关她的衣橱里有些什么样的衣服才算合理、或者多少预算才算合理、或者怎样划分我们和她的责任才算合理等等问题上，意见都不可能达成一致。

经过一段时间的摸索，我们最后决定，由我妻子和我来付钱（这样也至少拿回了名义上的控制权），给她买一些我们认为适合她上学还有正式场合穿的衣服，而其他的则给她自由和钱让她自己决定。这套系统，如果你能叫它系统的话，看起来运作得还不错，尽管轮廓比较模糊，采用的原则也有自相矛盾的地方。

当我儿子长到差不多这个年龄的时候，他要求给他增加零用钱，使他能有钱买一些最基本的可以自己做决定的东西，其中包括衣服。换句话说，他提的要求也正是我妻子和我，通过在我女儿身上做的试验和犯的错误，已经逐步达到的一种安排。对于他，这套系统运作得非常好，我妻子和我有责任让他在学校或者教堂不要穿得像个流浪儿或像个少年犯，以免让我们感到难堪；而他自己则对他在某些场合的衣着有控制权，在那些场合里，他穿成什么样子对他更重要。这是一套很好的、很有效的系统——但是不可能把它变成公式。你得找出你自己的解决办法。

总的来说，我相信，如果是孩子自己提出一些家庭金融方案，或者至少允许他们参与一些细节安排的时候，他们更愿意遵守这些方案。参与这个过程，也使得他们真的尽力去衡量他们的金融需求和他们花钱的习惯——这总是一件好事。要求他们把他们的需要写出来，这样对每一个有意义的变化，你都会有一个永久的记录（因而也是一个提示）。

一份零花钱应该够做什么？

　　谁，为什么东西付钱？包括买衣服的钱吗？那么看电影的钱呢？买生日礼物的钱？买学习用品的钱？你的孩子为从没有见过面的人买节日礼物的钱？度假时买冰淇淋的钱？

　　每一个家庭都得把这些复杂的事情一项一项地安排好。不过，这里有一个基本的建议：如果对购买某些东西你要加以控制，那么为购买那些东西付钱的责任也应该属于你。在理想的环境下，孩子的花费应该是完全自由决定的；也就是说，花还是不花他们自己控制的钱，应该完全由孩子来决定。如果你决定让他们负责为自己买学习用品，那么你同时也得下决心让他们为这样的事情负责，就是由他们自己来考虑，不买量角器，能在余下的几何学课程中蒙混过关，还是不能。

　　换句话说，做决定的人付钱。比如说，如果是由你来决定，允许你的孩子穿什么样的衣服，那么你就应该是为他们的服装付钱的那个人。你有决定权，所以你来付钱。下面是一些其他的例子：

　　*为朋友买生日礼物：如果有一个生日派对，那么由父母付钱买礼物。为什么？因为你无论如何也不应该让你8岁的孩子做这样的事情，就是在为朋友买生日礼物的时候决定要省钱，于是就从他床底下拽出个破旧的东西，在外面扎上蝴蝶结作为送给朋友的生日礼物。假如你的孩子把一个让人感到不愉快的礼物带到

65

生日派对，别的父母会批评你，而不是他，所以你除了保有控制之外没有别的选择。而且如果你控制，那么你来付钱。

不管是什么年龄的孩子，当他们被邀请参加一些特别的活动，而参加这些活动一般都要送一份大礼时：使人成为正式教徒的教会的坚振礼，犹太教男孩的成人礼，婚礼，毕业典礼。父母应该为那些礼物付钱，因为花费太大，也不能提前做出预算，而如果你的孩子决定减少花销的话，会让你自己感到很难堪。

*为家庭成员买礼物：我认为，让小孩子支付为兄弟、姐妹、为父母、为祖父母或者其他家庭成员买节日礼物、生日礼物或其他礼物的费用，是不公平的。这样的支出通常是成批量地到来，而且在很短的时间内，钱数就被加了起来，因此，让小孩子为此提前做计划是不可能的。显然，最简单的解决方法是拿起购物单——并且监督购物——你自己。（在我们的孩子还很小的时候，我们当地的图书馆每年举办一次儿童圣诞节特卖会，在这个特卖会上，孩子们全都不需要他们父母帮助，自己买东西，为朋友和家庭成员买不太贵的礼物——也自己把这些礼物包装起来！有一年，我女儿还很小，她问我愿不愿意知道她为我挑了什么。我说我希望得到一个惊喜，不过她还是给了我一个暗示。"是用来剪东西的，"她说。接着她用手指做出剪刀在动的样子，并且说，"咔嚓，咔嚓，咔嚓"。）

然而，一旦孩子长到一定的年龄——比如说，长到十几岁的时候——购买家庭礼物应该成为他们的责任，只要给他们的零花钱被定在一个足够高的水平，完全够他们支付这些费用。（一些重要的日子仍然需要提前提醒他们，也许在买什么样的礼物方面，也仍然需要帮他们拿主意。）同样，到了这个年龄，为他们的朋友购买礼物，应该完全成为他们自己的金融责任——除了前面提到

的需要送大礼的特殊的活动。

　　*家庭聚会：如果你出席并且也一起出去玩，那么由你来付钱。那就意味着，如果你也一起去看电影或者去餐馆或者去游乐场，你是掏钱请客的主人。那将是让人非常讨厌的行为，如果你带孩子出去吃冰淇淋，却期望他们掏出钱夹来付钱——特

别是你自己在吃香蕉船（一种甜点）的时候吃得过多，而他们决定他们不能承受，不能和你一起来分摊费用的时候。因为你位高任重。

另一方面，你也完全可以在你的权利范围内画出一条分界线。举例来说，当我们去迪斯尼乐园的时候，我提出，飞机票、食物、住宿、游乐园的门票等等是我妻子和我的责任，而那些糟糕的纪念品则是孩子们的事。一个小贴士：我从不说那些纪念品是糟糕的，我对此从不说三道四。

*家庭规矩：几年以前，我儿子决定，他想拥有一种叫做"全地形"的滑板，上面有很大的软轮胎，那就意味着可以在不平的地面上滑行，例如在山脚有石头而山坡很陡的小山上滑行。他已经存够了买这种滑板的钱，但全地形滑板太危险，所以我妻子和我行使了否决权。我们告诉他，只有在他同意买齐必备的安全装备，并且无条件地遵守任何我们可能为使用滑板而制定的安全准则时，我们才会允许他拥有并且操控这样的滑板。

换句话说，我们能控制他怎样使用滑板，却无需同意为这个滑板付钱。我们的做法与我前面所说的有关控制的那些事情相矛盾吗？

不矛盾，因为买不买滑板完全是由他自己决定的，我妻子和我只是提醒他得遵守家庭规则，有关拥有与安全操控自身有危险的娱乐设施的家庭准则。我妻子和我对孩子说得很清楚，就是我们认为，购买安全装备的费用是购买滑板的费用中不可分割的一部分。是否付这笔钱（全部的钱）由他决定；允许他怎样使用这件东西由我们说了算。

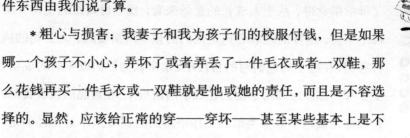

零花钱

*粗心与损害：我妻子和我为孩子们的校服付钱，但是如果哪一个孩子不小心，弄坏了或者弄丢了一件毛衣或者一双鞋，那么花钱再买一件毛衣或一双鞋就是他或她的责任，而且是不容选择的。显然，应该给正常的穿——穿坏——甚至某些基本上是不可避免的疏忽（比如漏水的钢笔）留有余地。但是真的是由于考虑不周的行为引起的金融上的后果，必须由犯错的人来负责任，不管第一次购买的时候是由谁来付钱的。

*提高了等级的东西：你准备花30块钱为你儿子买一个上学装书用的新背包，可他想要一个50块钱的背包，但他没能说服你那是必需的。应该允许他付清差价，买一个他想要的背包吗？

当然可以。那是对孩子个人资产的很好的使用。不管怎样，你付了你应该付的钱，他也以一个对他来说比较合理的价格，得到了他想要的东西。(如果花钱多的东西看上去像是劣质商品，或者是你不赞成的东西，你可以拒绝吗？当然可以。你没有必要花你的钱买你认为不值那个价钱的东西。)

应该鼓励孩子去外边赚钱吗？

十几岁的孩子常常渴望有一份课后的工作——目前美国十几岁的孩子有500万在放学后工作——而且他们的父母也常常鼓励他们这样做。十几岁孩子的社交活动可能花费不少，当孩子表示愿意承担金融责任的时候，很多父母都感到松了一口气。此外，

父母常常觉得，从个人成长的立场来看，找一份真正的工作并坚持干下去，这样的进取心正是他们的孩子所需要的。大公司的执行官们，在枪手为他们写的自传中，常常认为他们成年后的成功，至少有一部分应归功于他们在放学后送报纸、在食品店包装食品、在加油站做帮手等等类似的工作中得到的训练。（不过奇怪的是，他们似乎都没有得到足够的训练，完全由自己来写自己的书。那是为什么？）

我认为这样的感觉通常是一种误导。我相信，除非一个家庭的金融情况迫使家里的每一个人都得做出贡献，否则，不应该允许孩子在读书期间，在校外有一份经常性的工作。我从来没有为一些偶然的、时间上有弹性的赚钱的机会——像周末给人看小孩、或者间歇地在周末去高尔夫球场做球童、或者前面提到过的清扫狗窝——而被烦扰过。但是我认为对高中生来说，有一份真正的稳定的工作几乎总是错误的。

禁止孩子有一份经常性的课后工作的主要原因，可以用一些经济学术语来表述：一个孩子醒着的时间是有限的，对他们进行投资的最能获利的地方，不论是短期投资还是长期投资，都是教育，这一观点是得到广泛认同的。我更愿意看到我十几岁的孩子，放学以后躺在沙发上看书，也不愿从驾驶室的车窗里看到，我的孩子正在温迪超市里听着别人的指示。所有假定孩子能从课后做的佣人似的工作中得到的美德（守时、责任感、坚持、在做得好的工作中得到满足），在学校也能获得，同样容易，而且更有益、更有乐趣。参加戏剧演出、为年刊拍照片、加入一个球队、或者为一个考试而做些研究，参加这些活动对孩子成年以后的性格带来的影响，要比给汽车加油、包装食品大得多。

我自己的情况是，我在校刊的工作，事实上为我成年后的事业做了一个很好的准备。在我十几岁的时候，我从来没能发现，有哪一个支付工资的工作所提供的、真正与这个工作有关的训练，要比我编辑各种校刊或者定期写一个报纸专栏所得到的训练多。所以我的主要的校外活动，尽管没有钱，但对我的生活作出了真正的长期的贡献。做这些事也是一种乐趣，它们是我少年时期社会生活中一个重要的部分。

不好的工作使人从心理上感到精疲力竭。如果你昨天晚上直到夜里11点还在炸薯条，那你今天在工作中的反应能有多快？我知道有些十几岁的孩子除了上学以外，一个星期要工作30到40小时。他们确实赚了不少钱，他们开上了好车，但是他们下班以后，不可能还有足够的精力，用来在上课时注意听讲。《纽约客》漫画家乔治·布斯有一次告诉我，他在上高中的时候，在一家印刷店里有一份专职工作，是在密苏里的乡下，而且有时候他整晚工作以后，都不回家停一下就直接从印刷店去学校。他让自己学会睁着眼睛坐在那儿睡觉，这样他就可以赶上他班里的其他同学。那些他能从课堂上得到的好处，他在家里睡在床上也可能得到。

十几岁的孩子喜欢工作，因为工作能产生收入，收入能产生物品。当他们的孩子成为别的成年人的雇员时，做父母的会感到骄傲与感动，但如果你的孩子用另一种方式来描述下面那种不可避免的替换，大多数的父母恐怕不会那么高兴："我已经决定，我

71

更愿意有一套新的音响，英语考试得B，也不想要我的旧音响和英语考试得A。"那样的交易真的是有工作的十几岁的少年要达成的。它是否有意义，在经济上或者在其他方面？

即使是否同意你的孩子在放学后工作，是视他能否保持平均成绩而定，孩子仍然还是失去了很多机会。如果他们每个星期在餐馆里收拾了20小时的桌子以后，仍然能留在优秀生的名单内，那么说明他们学的课程给他们的挑战不够，或者他们玩的时间不够。（唯一的例外，我要说的，是这样的情况，就是一个孩子设法找到了一个课后的工作，这个工作能满足他或她课内和课外的主要兴趣——道吉·豪瑟就是那样做的。）

如果你仍然不相信，从长远的利益来看，大多数的课后工作几乎没有什么价值，那么就把这个争论推到了极限。设想有两个孩子，一个从高中退学，为的是全部时间都在麦当劳打工（由此得到这份佣人般的工作所能提供的、价值上可能会有的最大的增长），而另一个孩子，留在学校里，上了高级选修课程，打曲棍球，为文学杂志写稿子，并且取得了好分数。哪一个孩子更可能在长大后成为一个满足的、有趣的、训练有素的、成功地工作的成年人？

真正利用中学教育的所有潜在的好处——包括课堂作业、家庭作业、体育、俱乐部、还有校外活动——需要投入的时间加起来，一个星期要远远超过40个小时。那些"只是"上学的孩子，只要他们尽责尽力地利用这个一生只有一次的机会，他们就不会荒废学业。如果一个学生除了上学以外，他的工作一个星期要花

零花钱

上 40、30、20 或者即使是 10 个小时，那么这样的学生也没有一个能从他或她的教育中得到最大可能的收益。一个为了在 7-Eleven 做一份在理财上并非必需的课后工作，而放弃了在校际足球比赛中踢球的机会的学生，他做的是一个不合算的交易。

那些在放学后工作很长时间的孩子，通常也放弃了对很多人来说，后来变成是少年时代最值得记忆的那一个个部分：大多数十几岁孩子虽不定形、但有感情上全身心投入的社会生活。和朋友一起闲逛，出去约会，没完没了地在电话上聊天，"紧急通知"弄到夜里很晚的时候，都不应该被看作是不稳重的奢侈的事情：当成年人很长时间以后回想起他们年少时期的生活时，正是上面提到的那些事情让他们的眼里充满了泪水。为什么要允许你的孩子拒绝拥有每一代人都拥有的同样的乐趣？

有一些孩子由于金融方面的原因，他们没有选择只能在放学后去打工。而且有些孩子真的通过处理真正的工作中所承受的许多责任，从中得到了一些个人利益。但是现在很多在放学后打工的孩子的情况并不是这样，从长远的角度来看，如果不在放学后去工作，或者工作得少一点的话，他们中的大多数人会生活得更好。（在美国，年龄在 16 岁到 19 岁之间的少年，有一多半都在放学后打工，这个比例比大多数别的国家都多。）如果在孩子上学期间，他们不工作你也能在家里供养得起他们，那么你要坚持下去——当然也要坚持，不要让他们把这些被抢救回来的时间花在看电视上。应该尽可能地要求青少年把打工推迟到暑假，或者至少推迟到周末。那样就能给他们留下足够的时间，去学习他们在餐馆做服务生所能学到的所有的东西——其中包

括最重要的一课，就是，在餐馆伺候别人吃饭不是一种好的谋生方法。

如果孩子不应该在课后工作，那么谁来为他们出汽油钱？

这个问题问得好。在我回答这个问题之前，让我们先来谈谈开车的事情。

当孩子长到16岁的时候，一个家庭的生活就会处于不断的变化之中。从我拿到驾驶执照的那一刻起——丢脸的是，我是第二次考试才拿到执照——我就从一个让人讨厌但基本是没有什么危害性的、一个无意识的狂热的追随者，变成了一个致命的威胁，无论对我还是对我周围的人。我自己没有注意到这种变化，而我的父母肯定感到了焦虑。我知道这一点，在某种程度上，正像当我女儿得到了她的驾驶执照时，我所感到的焦虑一样。（我姐姐更早就有了这种不安。在她的第一个儿子刚刚出生后几天，她摇他睡觉的时候突然就哭了，因为她已经认识到他总有一天要长大，大到可以开车。如果那个时候她知道他会渐渐地长到足够大，大到可以在科玛特超市买来复枪，在他的肩膀上刺青，她可能就会哭倒在地上。）

当孩子开始开车时，他们的父母的第一个想法，很自然的是关心安全问题。但是他们的第二个或者第三个想法，就不可避免地会考虑到钱的问题。将要由谁来为这个新开的车付钱？保险由

谁来付？你知道汽油要花多少钱吗？车上的那个凹痕是从哪来的？以及诸如此类的问题。

所有的这些事情都牵涉到感情。让我们采用冷静的经济学观点，从而尽力在感情上保持中立的态度。

当青少年开始开车时，一些家庭开销立刻就增加了——保险金方面的额外的费用，燃料费用，汽车修理的账单——但是别的开销则象征性地下降了。比如说，在我女儿拿到驾驶执照以前，我的孩子是坐公共汽车上学，我为此要付一大笔钱。不过，我女儿一能开车，她就马上接过了通勤的工作，而我也不用再为她和她弟弟付车费——这对我来说是一笔节约，即使在我减去增加的买燃料的费用、以及汽车折旧费之后。更好的是，我女儿现在能在放学后的戏剧排练或者运动训练以后，开车带她和她弟弟回家，而那时候公共汽车是不可能还有的，因此也节省了我妻子和我的许多时间，不用再开车接送他们。由于我妻子和我都是在家里工作，所有那些节约下来的时间对我们的家庭经济都有直接的贡献：自由的时间！我们的女儿现在也接过了其他的开车的事，那些我们以前几乎没有选择，但是为她着想必须得做的事，比如开车送她到购物中心并把她接回来，开车送她去她朋友家或去上吉他课。她甚至愉快而且是自愿地做了许多各种各样的与车有关的杂事，而她自己并不能从中得到利益，还做了许多开车接送她弟弟的事情。

上面描写的大部分的家庭经济上的收益，是由我女儿向我指出来的，在她刚拿到驾驶执照后不久，她做了一个提案，提出我

必须为她付全部的汽油费。刚开始我当然是强烈反对——想到孩子开车会让他们花多少钱，好的父母难道不会为此而生气吗？——但后来在争辩中，她那不可否认的逻辑性占了上风。如果我女儿出于某种原因把她的驾驶执照弃置不用，我问我自己，那我在金钱上是富有一些还是更穷一些？在她的帮助下，我认识到我可能会更穷一些。被她冰冷的理性击倒，我同意为她付全部的汽油费。（我也为她感到骄傲，因为就我为什么必须给她更多的钱，她不是从感情上而是从经济的角度说服了我。）

在大多数情况下，父母只把注意力集中在这样的问题上，也就是，供一个青少年开车要花费多少钱，而不承认扩大家庭停车场，对家里的其他人也有很大的好处。那样做是不公平的（也是不聪明的）。我们家从我女儿开车这件事上得到的利益是实实在在的，这一点我们的儿子（那时他13岁）很快就认识到了："当她去上大学的时候，我会有很大的麻烦。"）

现在，回到安全问题

在任何一个有年轻人在开车的家庭中，与车相关的最重要的问题当然不是钱，而是安全。但是安全也和经济有关系。安全开车的人要比不安全开车的人花费少，因为给他们上保险花的钱就少，而且他们把车送去修车厂的次数也少得多。给保持安全驾驶纪录的青少年，提供一个经济上的奖励，这是不是有意义？

我认为有意义。这里有一个主意：如果一个年轻的开车人在一年之中，没有违反交通规则，没有交通事故，没有保险起诉，或者在交通判决中没有令人讨厌的败诉（由父母来决定），那么每个季度都应该给他一份安全驾驶的零花钱补贴。你应该这样告诉你的孩子：如果你保持一个好的驾驶记录，我们家就会节省钱，为了鼓励你这样做，我想和你们分享这些节约下来的钱。

为什么是按季度给补贴而不是一年给一次？我认为一年对一个16岁的孩子来说似乎是太长了，一年一次的奖励从一开始看起来就是遥不可及的。而每个季度付给孩子钱，使你能在一年中有四次机会，可以让他们加强有好行为的意识，而不是只有一次机会。它也给了新手一个额外的鼓励，使他们在开始驾车时，不可避免地会把汽车前面的挡板撞弯之后，能重新集中注意力——在我看来，那是一种很有用的交通事故，它提醒那些过于自信的孩子，他们并不是什么都知道，他们开车时离前面的车轮的距离，应该比他们认为他们已经做到的要远一点，不要威胁到他们的生命。

激励比处罚更有效，此外，也更易于实施。如果情况正相反，你让你的孩子为所有与车相关的过失，负起全部的金融责任，这个吓人的惩罚只有在孩子有足够的钱，足够他们支付他们卷入的所有麻烦的全部费用时才有用。惩罚粗心驾驶、或者其他你不希望他们有的行为的一个更有效的办法，就是在一个合适的时间内，收回他们驾车的权利，或者要求他们重新上一次驾校，重新学习交通法规。很多16岁的孩子把拥有驾驶执照，看成是他们最有价值的财富；你可以利用这一点。

不过，在你实施如下的惩罚时一定要小心——正如我的一些朋友最近发现、而且在一些情形下他们仍尽力去解决的那样。他们17岁的儿子最近开车时出了一个小事故，他们告诉他，他将不再被允许开车，直到他付清他给车造成的损失。好，他说；我会停止开车。而且他说到做到。而结果是，现在他的父母不得不开车送他，送他去他想去的任何地方，而在这以前都是他自己开车去的，包括每天的上学和放学（每天路上单程要花20分钟），而且他也不再做他弟弟的司机。因为这个惩罚没有规定结束的时间，现在他的父母没有别的挽回的办法，除了承认在他们的游戏中被击败了。同时，他们的儿子可能会发现，他可以再坚持几个月，因为他马上就要上大学，不再需要车了。

我的朋友，从他们自身的利益出发，应该至少把两种惩罚分开：你的驾驶执照被吊销（假设）一个月，而且你必须为你给汽车造成的损失付钱（通过在一段时间内减少一定数额的零花钱的方式）。他们没有作好准备来接受这种可能性，就是他们的儿子可能会决定，他开车的能力在金钱上对他自己的价值，要低于对他父母的价值。（如果我是他的父母，我想我会马上决定，到了大吵一架的时候了。）

开办爸爸银行以后

在我女儿12岁的时候，她告诉我她想有一个属于她自己的真正的储蓄户头。她说她会想念她在爸爸银行里的账户上得到的高回报率，但是她需要更多的独立性。我们经过谈判，决定给她更多的零花钱（来补偿她每个月不能再把钱存在爸爸银行，从而得到的3%的回报率[①]），我把她带到银行，这样她就能填写很多表

格并拿到支票。我做好安排，让给她的零花钱每个月自动地从我的账户转到她的账户。我们还为她申请了一个 ATM 卡，也是 MasterCard 的借记卡。当我的儿子12岁的时候，我也为他做了同样的事情。

[①]普通活期存款的主要缺陷是它不付利息（或者是数目可忽略不计的利息），因此也就不鼓励存钱。在第六章，我将解释我们是怎样解决这个问题的。

　　这对一个七年级的学生来说责任是不是太大了？很难说。一些父母会被让还不是少年的孩子带着借记卡的想法吓坏，但是我认为这是一个很不错的主意。有了借记卡，孩子可以在阿伯克隆比和菲奇公司（Abercrombie & Fitch）买衣服，或者从亚马逊网上书店定书，但是她不会遇到大人们使用信用卡时会遇到的金融麻烦，因为她花的钱不能比她存的钱多。因为每一次用借记卡来买东西，在银行每个月的明细单上都有记录，你能确定（通过窥探）她不是在买你不希望她买的东西，或者是在订阅你希望她甚至不知道的网上服务。（在你为你的孩子申请银行账户时，你在签字的时候就对他们讲清楚，你保留在你希望的任何时候检查他们花销的明细单的权利，根据你孩子的年龄，银行也许甚至会要求你也在他们的账单上签字。）

　　很多年轻人在他们要去上大学的时候，才得到他们的第一张信用卡，是经历了那些信用卡发行商"来吧"的猛烈的炮轰之后，那些信用卡发行商急于让他们成为这样的消费者，就是高兴地去消费并感到很幸运。除非你的孩子提前做好了准备，否则他们可能认识不到，信用卡的利息是巨大的，收支很快就会从手中失去平衡，而且欠的钱随后会越来越多——欠的钱数多得令人吃惊，多到那些似乎很清醒的大人们也可能意识不到的程度。如果你的孩子在离家去上大学以前，在使用借记卡上面已经有好几年有价值的实际经验，那么他们卷入麻烦的可能性将更小。事实上，从某种观点来看，他们仍然是生活在你的屋顶之下，你也许想让他们把借记卡换成真正的信用卡（有很低的信用限制），那样他们就可以在欠债的诱惑上也有一些实际的经验，而你仍然在控制着他们，在他们做得过头的时候，意味深长地用眼睛盯着他们。

部分是因为有了上面的想法，我已经鼓励我的孩子使用他们的支票或借记卡，为我们都看作该由我负责买的东西付钱——课本费，大学申请费，学校的照片费——然后他们把花了多少钱的账单寄给我。把记账和一些纸面上的工作留给他们，也鼓励他们对他们生活中的重要事件持有适当的观点（比如像报名参加大学入学能力考试），即使我们都知道最后付账的人是我。如果一个重要的最后的期限到了又过去了，他们不能责备我没有寄出支票，因为他们知道他们自己应该做这些事，事后再和我结账。而且，孩子的记忆力要比大人的好。

逐渐地把一些容易管理的责任从父母手中转到孩子手里，在任何情况下都是一个好主意，也是为成年后的生活做的最好的准备。在泰格·伍兹（Tiger Woods）的成长过程中，他的父母对他也做了类似的事情。比如说，在年少的泰格和他的父亲一起旅行，去别的城市参加高尔夫球预选赛时，渐渐地就让泰格负责预定酒店以及其他的旅行安排，这在他还很小的时候就开始了。而且当他和他父亲一起在路上的时候，他们有时还互换角色，让泰格来决定他们什么时候起床，什么时候出发去上高尔夫球课，在哪儿吃饭，等等。如果有需要成人处理的问题发生，泰格的父亲会接手处理，但是在处理各种各样的让人讨厌可又很重要的责任方面，泰格得到了足够多的实践机会，他和他的父亲都知道，这

些责任很快就会完全由他自己来处理。伍兹父子的做法，是值得大多数家庭仿效的，至少可以在某些领域内试一试。这个主意不是在强迫你的孩子，去完成他们还没有能力去处理的任务，而是让他们渐渐地对成人世界中一些不可逃避的义务变得习惯起来。如果你给他们合适的实践，当该由他们接过并自己处理这些责任的时间到来的时候，他们早已作好了准备，对此也更有信心。

5. 比尼宝宝经济学

我儿子在上四年级的时候，有一段时间，他和同学们把全部心思，都集中在收集一种叫做比尼宝宝的绒毛填充动物上了，这种玩具当时非常流行。这种狂热的辐射面非常广，也非常强大，在我们当地的玩具店里，一款比尼宝宝新品刚到，在一个小时以内或者一个小时左右，就会全部卖出去。在我儿子有钱的时候，他一次会买一个或两个新的比尼宝宝，一个大约 6 美元。作为礼物，他也从亲戚和朋友那儿得到比尼宝宝。最后，他收集到的比尼宝宝有好几打。

我儿子班里的女孩子，主要是把比尼宝宝当作可爱的小玩伴，而男孩子正相反，把它们看成一种投机性的投资。我儿子和他的朋友会研究印出来的价格指南，和挂在网上收藏者论坛上的帖子，然后他们高声谈笑着，把他们静静地堆放在床底下的东西想成是他们的财富——尽管他们有时也可能把他们的比尼宝宝随随便便地扔下楼梯，或者把它们拿到外边，打算把它们丢到房子外面去。

每当我听到这帮男孩子在自夸他们的收藏值多少钱时，我都履行了作为一个家长的责任，虽然这种责任令人沮丧但却是不可推卸的，解释给他们听，关于比尼宝宝，不管他们得到了什么样的专家的建议，比尼宝宝都不是稀有的供不应求的东西，因此也

不可能有什么价值。我提醒他们注意供需规律，我也向他们描述自由市场是如何运作的。"把你们的比尼宝宝作为一个用来抛射的玩物吧，孩子们，"我说，"但是我可以保证，一群9岁的小孩子是不能推翻经济规律的。"

我儿子没有听我的话，而且，有一天，他告诉我他需要一些现金，因此决定卖掉两个最"稀有"的比尼宝宝，把它们拿到eBay——一个网上的拍卖场——去卖。我听了很高兴，因为他现在不得不自己学习一门重要的经济课，而无须听到我更多的说教。我

坚持让他把要放到eBay拍卖目录上去的文字编辑一下——比如说，说服他不能把这两个玩具描述成"崭新"的，因为这两个玩

具他都有了两年了，而且在我们房子的内外都曾被狠狠地用过——然后就走到一边去了。

想像一下我有多么吃惊，7天后，这一对玩具卖了123.50美元。我帮我儿子把他的比尼宝宝装进盒子，警告他，如果买者在检查了买的东西以后非常生气，要求拿回自己的钱（我很肯定那就是将要发生的事情），那时他不要感到失望。想像一下我又是多么吃惊，当几天之后，买者给我儿子发来了一封热情洋溢的电子邮件，说她看到所买的东西后激动极了。

最后的结果：我向我儿子保证，对任何事情，如果他未加请求，我都永远不再给他提任何建议——不过，我确实提出一个建议，就是他可能想把他其它的收藏品尽快地脱手。

从 eBay 学到的

对我儿子在 eBay 的意外好运我感到很震惊。在我从这种震惊中恢复过来以后，我认识到，他在 eBay 的经历给他上的经济学课，比我早些时候想教给他的，我长篇大论给他和他的朋友们讲的供需规律更有意思。eBay 使得像我儿子这样的人，得以参与到一种经典的投机幻想的令人陶醉的狂热之中——其心理上的狂热程度，就像在 17 世纪的荷兰发生的郁金香热，或者 18 世纪发生在英国的南海计划一样。很多人似乎是处于半理性状态，他们买比尼宝宝玩具，仅仅是因为他们知道有很多别的人在买，那些买的人似乎也是处于半理性状态——而且，由于那是人类的天性，

就是假定几乎别的任何一个人知道得都比你多，因此他们是在一种半歇斯底里的状态下买那些比尼宝宝玩具的。我儿子通过卖掉他的一些收藏品，后来表明是在愚蠢的市场的最高点卖出的，赚了很大一笔钱。

更好的一点是，几个月以后，当比尼宝宝玩具疯狂的价格突然下滑时，我儿子完成了他在投机方面的教育：看着他剩下的收藏品的价格一落到底——这个国家里受广告等欺骗的人，尽管表现各不相同，但人数总是有限的——他当时坐得直直的。换句话说，在一段很短的时间内，eBay使我儿子明白无误地看到了有关歇斯底里和贪婪的残酷这样的事实，而这些是许多成年人后来要付出更痛苦的代价，在把他们的退休金与互联网股票绑在一起，然后坐视他们的储蓄化为乌有之后才能学到的。

eBay 与自由企业

这样的课程，在有 eBay 以前的世界里是不可能为我儿子准备好的。一个叫安德鲁·托拜厄斯的金融作家，在他的一本叫做《你唯一需要的投资指南》的书中谈到了一个轶闻趣事，其中完美地把握住了 eBay 以前的那个世界的本质，那本书初版是在 1978年。当托拜厄斯还是个孩子的时候（他书中前面的章节里谈到过），他慢慢地收集了一定数量的首日封，那是些纪念性的信封，上面有崭新的邮票和发行之日的邮戳。从发现首日封开始，过去了许多年，他猜想它们一定已经变得很值钱，于是他决定卖了它们。他给一个正正经经的邮票收藏家打了电话，问他是否愿意开个价。

"你的收藏有多重？"那个收藏家问道。

托拜厄斯被这个问题惊住了，但是他说他的收藏可能有"几磅重"。

那样的话，那个收藏家说，他愿意付给托拜厄斯25美元。托拜厄斯大为惊讶——不仅是因为那个收藏家出的价，要远远低于他几十年以前刚开始买这些藏品时所花的钱，也是因为买者并没有再问他任何有关他的藏品的事情，比如什么样的邮票。毫无疑问，他多少感到受到了轻微的侮辱，于是他又问了其他买卖邮品的小贩，看看能不能有更好的报价。他最后悲哀地认识到，25美元"还是一个公平的价格"。

托拜厄斯的主要观点是，收藏邮票、硬币、纪念币、棒球卡或其他"普通的藏品"，是一条很慢的致富之路。同样的东西，你付给小贩的钱，要远远高于任何小贩愿意付给你的钱，甚至在很多年以后，情况仍然如此。那就意味着这样的投资在东西变成你的那一刻起就贬值了。而且在你等待的时候，一年又一年，等待你的财运到来的时候，你还得花钱来保存和维护这些藏品，却赚不到利息、股息或者租金。

上面这些就是托拜厄斯在他的书中所表明的观点，在我告诉我儿子和他的朋友，他们的比尼宝宝不值钱的时候，当时我尽力要传达给他们的基本上也是同样的观点。（事实上，我也给他们讲

了托拜厄斯称他的邮品的故事。)但是——正是我儿子后来的经历使我认识到——互联网改变了所有这一切。如果托拜厄斯是在今天卖他的邮品，在eBay上，那么几乎可以肯定，他将得到的钱，要比有互联网之前那个收藏家付给他的价钱多出好多倍。为什么？因为他能把他的首日封卖给像他那样的业余的买家，不需要再有一个专业的小贩扮演中间人。他也能一个一个地把他的首日封卖出去，而不是把它们堆在一起按一个重量来出售，那样就提高了这样的可能性，就是找到对这些邮品有特殊兴趣的收藏家，让他们对自己特别感兴趣的邮品进行投标。

他能够那样做是因为，从他第一次想卖他的收藏品开始，在其后的几年里，eBay已经把首日封和其它收藏品，包括比尼宝宝玩具在内的市场，变成了一个真正的自由市场，就像汽车市场或者个人电脑市场或者快餐食品市场一样。今天，由于有了互联网，买卖家庭里的废弃物的市场已经大到了这样的程度，可以根据很多在自由的商业世界里是明显的、而且同样不需要时间的行为准则和行为方式来进行操作。eBay是我们全部经济生活的一个微观的世界。

这也使eBay成为一个特别有用的经济学的家庭图书馆。互联网拍卖把真正的自由企业缩小到一个可以管理的尺度，而且事实上没有设定任何准入的门槛。(你不需要租一个零售的地方，不需要雇人，也不需要花钱在报纸上做分类广告，就能开始做生意。)结果，eBay使得普通人甚至是孩子们得以投入到商业中，和来自于全国各地的真实的人做生意，它也允许他们舒服地、安全地坐在家里做这些事情。如果你愿意对买东西与卖东西有一些创见性的想法，而且只要你不会被互联网吓死，^①你和你的孩子就可以使用eBay，在一些自由市场的基本原则方面获得真正的第一手的教育——学到一些在卖柠檬水的小摊上不可能学到的东西。

在过去的几年里，感谢eBay，我儿子和我对各种各样的买卖东西的人的行为，都有了真实的了解，当然包括我们自己。我们也学到了心理学，市场营销，广告，成本控制，责任，信任，欺骗，怀疑，非理性的兴奋，以及白痴般的行为——所有这些都是有价值的经济学课程，而这些课程除了在线拍卖的世界以外，可以运用一生。

买家的懊悔

我自己在eBay的第一次经历是做一个买家，而不是卖家。在一个很短的时期内，我成为一个狂热的竞标者，买那些以前只能在跳蚤市场、庭院甩卖、马路边的垃圾箱里才能找到的东西。我买的大多数东西都和高尔夫球有关：一个既是高尔夫球奖品又可以放在书桌上的台历，上面有一个"全国残疾人比赛"的标记；一个锡的练习击球用的球杆，上面装饰有一个小伙子开车时的照

①当然，你的孩子对互联网上的商业比你知道得多，这完全有可能。我有一个朋友，最近他十几岁的儿子偷偷地盗录音乐，并把盗版音乐光盘卖给电子邮件地址听上去非常吓人的陌生人，赚了不少钱。他的父母有点知道他在做什么，而且被吓坏了，但是他们又不太懂电脑，因此没有办法有效地阻止他。

片，是彩色平版印刷的；一首歌名叫做"向前！伊克在发球处！"的歌的歌谱，版权是1953年的；一个陶土做的花盆，形状像一个女用高尔夫球鞋，脚趾上有一个高尔夫球来保持平衡。

　　我现在几乎对我买的所有的那些东西都感到后悔，但是它们当时占据了我的全部心思。我儿子的混乱与我有些相似，不过混乱的程度要比我轻。他买了一些旧的功夫片明星的肖像，在他还很小的时候，这些人对他来说很重要。他买了一些旧的广告材料，这些材料和他喜欢喝的某些软饮料有关。他也买了一些别人用过的电子游戏。不过，在经过了几个月的间歇性的购买以后，他对我说了他的一个观察，我对此也马上就认识到了，并且也应用到我的经历之中：他说尽管他在竞价的时候觉得这对他非常重要，但当在eBay上购买的东西真的寄到他手里时，他经常觉得自己不能猜到包裹里面装着的可能会是什么东西。实际上，他说，他买的一些东西，甚至在他打开盒子并看了一眼以后，他仍然觉得他对那个东西有一种既神秘又感到有些恐怖的陌生感。对他来说，竞价本身就是购买的结束。

　　这是很有益的一课，对我来说也是如此。一切类型的购买都包含有强烈的感情因素在内，特别是在价钱不固定的时候。竞价者在他们开始竞价的那一刻起就成为同伙，而且除非他们能控制自己的感情，否则，他们的竞价会失去理智，逐步升级，刚开始时还与卖的东西有一些直接的联系，到后来就完全失去了任何的相关性。（正是由于这个原因，我儿子向我指出，那些开价比较低的物品，在竞价结束时，往往能卖出比开价较高的物品更高的诱人价格。）

　　同样的精神变态在我们以日常生活为基础的经济活动中也很常见。不管是哪一种买东西的人，不管是出于何种原因，只要他们对交易的结果投入了感情，理性的作用就会减少。股票市场究竟是什么，一个巨大的拍卖场？股票市场的投资者必须经常地与本能的欲望做斗争，就是把他们手里持有的股票个性化——这个结果反映了我们人类的一个毫无希望的倾向，就是最终把我们周围的一切都看作是人类，包括有价证券在内。股票投资者经常会把他们的持有物过长时间地留在手里，以至错过了卖出的最佳时机，只是因为他们渐渐地感觉到有了一种感情上的牵连。这甚至会发生在这样一些投资者身上，他们在购买股票之前，在他们情绪化地把一个可能的投资与另一个可能的投资进行比较的时候，很容易练习着给自己一些最无情的警告。不过，只要交易一结束，那些股票授权书就开始变得好像是他们的家里人一样。

　　在汽车商的展卖厅里，你能观察到同样的太过于人性化的现象，在那里，那些本来在冷静计算价钱的购车人，一旦他们被允许与某种车型建立起一种感情上的联系，他们的决心通常就瓦解了。《消费者报告》总是建议买车人把注意力集中在砍出一个好价钱上，而不是将希望寄托在任何特别的车型或车辆上——这是一个好的建议可是却很难听从。一旦你对自己坐在方向盘后面的样子做了想像，放开这种想像就非常困难。

　　我自己有一个非常类似的经历，是我妻子和我在试图决定，买不买我们现在住的房子时的事。对买不买这所房子我感到一种深深的矛盾，很担心我们是在犯一个非常大的错误——直到另外一个可能的购

房者加入了进来，那时我立刻开始感到那是我的房子，而且感到自己的利益被触犯了，别的人正在想把它从我手中夺走。这正是那些在eBay拍卖中的竞价者倾向于做的事，也就是为什么竞价者最后会花更多的钱（假设说）来买一个旧的高尔夫球杆，比他们买一个新的高尔夫球杆所要花的钱还要多的原因。

事情的结果是，另外一个可能的买房人很快就消失了，我也明白了我当时的那种反应的愚蠢。（我妻子和我还是买了那所房子，我们已经幸福地在里面住了 15 年多。）我儿子，感谢 eBay，经过几个月的课程，获得了同样的心理上的洞察力——而且他的经历远没有那么痛苦，也不会有让他自己和他的家庭破产的风险。那是很好的一课，你也可以帮助你的孩子去学（或者可能使他们帮助你学）。

卖家的快乐

一开始，在 eBay 上卖各种各样的东西给我的感觉是，需要花费太多的劳动，不值得有这样的麻烦：谁有时间来做所有的这些事情，去邮局贴邮票，检查，等待，打包，寄走——所有这一切就是为了把坏了的小物件卖上几块钱？然而，有一天，当我不想再在我的办公室里工作的时候，我发现了一个从来没有用过的打印机墨盒，那是我在几年以前，为一个我现在不再拥有的激光打印机而买的。我买这个墨盒花了不少钱——有 100 多美元——但是我从来都没有用过。我不认识别的有同样型号的打印机的人。我也不可能把这个墨盒拿回商店，事实上，我已经不能肯定我是在哪儿买的这个墨盒了。然而我不能容忍这样的想法，就是简单地把它一扔了之。怎么办？

突然，我想到了 eBay。我把这个墨盒列入了要卖的东西的目录，而且，几个星期以后，收到了一张 80 美元的支票（其中包括

运费）。我把邮票和邮单直接贴在了墨盒的盒子上，那个盒子一直没有被打开过，然后把它拿到邮局。买这个墨盒的人赚了，因为他收到了一个非常好的墨盒，花的钱和在商店里买相比要少30块。我也赚了，甚至在我把我的时间的价值计算在内，给出一个高得不现实的比率之后。这次经历对我是个启发。突然，放在我房子周围的很多垃圾，看起来不再像是垃圾，而开始看起来像是钱。

大约在同样的时间，我儿子也有一次类似的经历。他给自己买了一个新的电子游戏，并且吃惊地发现，作为偶然发生的操作失误的结果，盒子里装着两张游戏盘，而不是一张。他很快意识到，生产者的失误给他提供了一个补偿他的大部分花销的机会。他把一张游戏盘留下给他自己用，把另外那张盘在 eBay 上出售（也连带包装盒与全部的证明文件），而且很快就卖出去了，价格非常接近他买的时候所花的钱——那些钱他马上就用来买了另外的一个电子游戏。

这次经历对他有同样的影响，正像卖掉我的旧墨盒对我产生的影响一样：它打开了他的眼睛，让他看到了塞满他的房间的垃圾的现金价值。他很快卖掉了一大部分他私藏的旧的电子游戏，不想要的 CD，和他长大后不能再玩的玩具。他以前那种对他的拥有物的价值模糊不清的意识转变了。近来，当他买新的电子游戏的时候，他会把原始包装保存起来，这样以后他把电子游戏卖给别人时，就有了最大可能的吸引力，当他（不可避免地）玩腻了那个游戏时，他可以在 eBay 上再把它卖出去。他玩他目前所拥有的游戏时也非常小心，当他不用它们的时候就把它们放在一边，因为他知道，如果他不那样做，他再卖这些游戏的时候价值会下降。

这如此重要，以至于值得再重复一遍。你能为你的孩子做的最有价值的可受益终身的理财服务，我相信，就是帮助他们开始把他们自己看成是他们的人生的拥有者，而不是租用者或者是占有者——换句话说，就是帮助他们在最广泛的可能的意识上对他们自己负责。eBay，通过提供一个可以使用的而且是方便使用的市场，在这个市场里，像旧的 CD 和旧的电子游戏这样的东西可以有真实的钱的价值，改变了我儿子与他的拥有物之间的关系。通过给他一个要对他的行为负责任的动力，eBay 提高了他在责任方面的个人意识。那是好事！

贪婪，机会主义与愚蠢

eBay 最伟大的贡献之一，就是提供了一个可进入的论坛，在那儿可以很方便地观察到在人的行动中的贪婪、机会主义以及愚蠢。在 2001 年 9 月 11 号，恐怖分子摧毁世界贸易中心并袭击五角大楼的那天，我看着电视画面上展现出来的可怕的故事，和所有的人一样，恐慌的意识在不断地加深。不过，在那个可怕的早晨的某个时刻，我突然想到（以我作为一个周刊杂志的专职作家的能力），这个悲剧对在 eBay 上的有关世界贸易中心的纪念品的市场会有什么样的影响。

大约在午饭时间，网上提供的东西开始增多。招贴画、T恤衫、印刷品、绘画、镇纸、明信片、钢笔、还有射击瞄准镜——仅仅在几个小时之前，任何一个游客都可以从遍布曼哈顿的街边小贩的手里，成卡车地买到的那种东西——在下午就充斥了网上市场。大部分的东西马上就找到了竞价者，而且价格很快就升到几百美元。

那些竞价者在竞价，因为他们相信，世界贸易中心的毁灭，使得世界贸易中心的纪念品突然变得稀有起来，因此也变得有价值起来。但这当然是一个错误的想法。是世界贸易中心变得稀有起来，而不是世界贸易中心的纪念品——在过去的25年里，有成百万的纪念品卖给了游客，而且更多的成百万的纪念品很容易就能被生产出来。

利用悲剧来赚钱的意图当然是可怕的。但是就拍卖而言，至少还有一些什么能稍微让人安心：不给欺骗者一个休息的时间，这大约就是作为一个美国人你能得到的，至少我们的这部分文化，还是完全未被触动。①我儿子和我都对那些竞价者混乱的想法感到大为惊讶。他们的所作所为，正像在互联网股票泡沫的最后几个月里，那些愚昧无知的投资者，为那些本来没有价值的网络股

---

①几个星期以后，我儿子在报纸上读到，全美国的人都在买他们所能找到的所有的防毒面具，因为他们担心来自于恐怖分子的化学或生化武器的进攻。他记起他有一个旧的防毒面具，是几年以前花了几美元在一个军需商店里买的，在六年级的科学课上作为防埃博拉病毒的用具。他把这个防毒面具拿到eBay上去卖，而且，在几个小时之内，就卖了70美元。

票竞价，从而把它们的股价抬上去了一样，因为他们把股价的最高点当作了最低点，而且生怕自己错过了机会。

幸运的是，股票市场正是紧接着的下一章的主要话题。

6. 爸爸证券交易所

作为父母，我们所能提供的最好的服务之一，就是给孩子提供机会，让他们以有趣的方式去犯错、去失败，这样能给他们留下永久的印象，又不会造成真正的伤害。我们都主要是通过试验和错误来学习，我们最重要的洞察力常常是从我们犯的最大的错误里得到的。

谈到投资，我认为，应该尽可能早地让孩子开始接触，并允许他们犯错误，允许他们失败，因为很多真正有价值的课程要花很多年的时间才能深入下去。举个例子来说，一个投资者对股票市场的知识，仅仅包括对美国从1995到1999年无固定利息的股票情况的了解，而另一个投资者则只知道发生在1999年到今天的股票市场的情况，那么他们两个人的看法可能会很不相同。理想的状态是，一个年轻的投资者受到的教育，应该包括上面的那两种知识，此外，还应该包括很多别的知识。确保这种理想状态能够实现的最好的办法，就是早开始。

不过，早开始是需要技巧的。股票与债券不如储蓄账户容易明白，那意味着父母得做好准备，给孩子多做些解释，而同时孩子也得有兴趣来听这些解释。并且，孩子只有真正参与才能获得有意义的经验。也就是说，他们得拿他们自己的钱冒险。一些最有价值的投资课程要解决的问题，是去弄明白，当投资者的净资产增值或贬值时，投资者的判断意识发生了什么变化。那种判断意识受到很多非经济因素的严重影响，其中包括贪婪、恐慌、害怕、嫉妒、羞耻、愤怒和自负。除非你孩子的痛苦是真实的，否则，他们不会真正地感受到那些影响，

问题

这就产生了一个问题。你不能让你的孩子在真正的股票市场里作真正的买进、卖出的决定，这有几个原因：没有成年人做监护人，年幼者不能合法地以他们自己的名义拥有股票；你孩子的投资错误，尽管从教育的观点来看可能是有教育意义的，不过从金融的观点来看，可能会给他自己或者你们的家庭带来毁灭性的损失；用零花钱来购买和出售真正的股票，会使你的孩子因支付高额的佣金和其它的费用而蒙受损失，甚至是只通过互联网作交易，只支付一个低比例的佣金，也会使一年的获利无效，对任何他们所意识到的会赚到的钱带来破坏性的影响。（即使每一笔交易只付一美元的佣金，那也能毁掉一个每次交易只动用 10 美元或 20 美元的投资者的表现。）

一种流行的替代方式，是让孩子们做一种幻想中的或是想像中的投资。互联网上或者别的地方都有许多"股票市场实战"或者模仿股票投资的游戏，CNBC 电视网的财经新闻节目，就开办了一个著名的为高中生举办的股票选股竞赛——或者，不管怎么说，

在那些股票价格只升不降的日子里,它曾举办了这样的一个竞赛。6年前,我女儿的历史课上曾做过类似的事情,那时她在上七年级或是八年级。老师让每一个孩子选出一只真实的股票进行研究,并且整个学期都要跟踪这只股票的情况,绝大多数的孩子都非常喜欢这种经历。

但是所有的这些练习都只有很少的一点真正的教育价值。参与者,因为没有失去钱的危险,所以并不真的关心他们的"投资"怎么样了。他们没用他们自己的钱来冒险,所以他们的感情投入也很低。我想,我女儿的历史课老师可以通过这样的办法,就是让孩子们的历史课成绩只基于他们在挑选股票时的表现,从而让他的股票练习更加真实,但是那样做,孩子(或他们的父母)可能会抱怨个不停。

此外,只在一个学期的时间内跟踪一只股票,所产生的结果在长期的生活中是没有意义的,因此,只会是一种误导。学校的股票挑选项目可以帮助孩子学到怎样阅读报纸上的证券版,或者学到怎样在互联网上搜索投资信息,但是他们不可能再做得更多。要求孩子跟踪一只股票三个月的时间,这样来教会他们有关股票市场的事,就如同要教孩子文学而只让他们读一页书,还是从一本书的中间开始。

同样的,像在CNBC上举办的那种挑选股票竞赛,实际上除了鼓励鲁莽的投资行为以外,什么效果也不会有,因为他们没有为做错事设定任何惩罚。参加挑选股票比赛的学生很快就认识到,要想获胜的唯一的办法,就是只把注意力集中在变化的可能性最

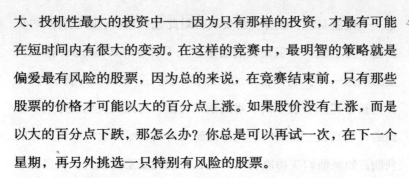

大、投机性最大的投资中——因为只有那样的投资，才最有可能在短时间内有很大的变动。在这样的竞赛中，最明智的策略就是偏爱最有风险的股票，因为总的来说，在竞赛结束前，只有那些股票的价格才可能以大的百分点上涨。如果股价没有上涨，而是以大的百分点下跌，那怎么办？你总是可以再试一次，在下一个星期，再另外挑选一只特别有风险的股票。

在想像中投资，就像是用没有现金价值的筹码玩扑克牌一样：这种活动的最重要的元素失去了。玩扑克牌和投资的精髓在于，事情进展顺利或者情况不妙的时候，参与者的头脑里在想些什么。

一个解决问题的办法

唯一可能的解决方法，我最后决定，就是开我自己的证券交易所。做这件事的结果表明，它要比开爸爸银行容易，我认为你也可以考虑为你的孩子开设一个你自己的证券市场——尽管同时提供银行和股票经纪有一些严重的困难，对此我会在本章的后半部分作出解释。

我创建的证券市场叫做爸爸证券交易所。为了处理我孩子的投资，我创办了一个叫做爸爸有限责任公司的投资公司，我把它建在我的电脑上，就像爸爸银行从前做的那样。和我经营我的银行时一样，我使用 Quicken 来对我孩子的账户保持记录。

在我的证券交易所的证券是想像中的，即只存在于我的记录

里——也就是说，证券交易委员会对此无权过问，而且所做的交易也不用上税——但是我的股票在几乎所有的其他方面，都和真正的股票一样。它们价格的上涨和下跌几乎和真正的股票同步。我的孩子买这些股票时，用真钱来付款，当他们卖出股票时，收到的也是真钱。如果他们买得低而卖得高，那么他们获得真正的利润；如果他们买得高而卖得低，他们就要蒙受损失。我自己对所有的交易扮演一个全能的市场创造者的角色。当我的孩子买股票的时候，他们实际上只是从我这里买；当他们卖股票的时候，他们实际上是把它们卖回给我。

在我的交易市场上买卖的股票的价格，完全与真实的股票价格相一致，只有一个重要的例外：在我的证券交易所进行交易的股票，其单位是美分而不是美元。这样，当在最近的一天，IBM的一只单股在纽约证券交易市场上卖到95美元时，在爸爸证券交易所，一只IBM的单股就卖95分钱，正好是1%的价格。与此相似，在我的股票交易市场，100股麦当劳的股票可能要花28.50美元，或者正好是一只麦当劳的单股在华尔街的价钱。

我相信，以美分为单位而不是以美元为单位来命名股票是有用的，因为它把价格降下来了，降到了对那些主要的收入来源是零花钱的投资者来说，是一个合适且可以管理的水平，而同时他们与现实世界，又保持着一个既是一致的又是显而易见的关系。我的孩子很容易就能追踪他们所持有的股票的价值，方式与我追踪我持有的股票的价值的方式一样：上网或者看电视或者看报纸等。他们只需记得把小数点向左移两位。例如，当报纸报道英特尔公司股票昨天的终盘价是22.50美元——或者当我用Quicken，通过互联网，把英特尔每股最新的价格更新为22.50——我的孩子只是简单地把单位想成"美分"而不是"美元"。不必再有别的改变。

我原本可以完成很多同样的事情，若是允许我的孩子基于实际的证券市场价格，用小的小数来买卖股票的话。但是我认为，以分为单位使我们所有的人在跟踪股票价格时，每一件事都更容易；它涉及的算术绝不会让人糊涂，因为买来的金融软件不用修改就可以继续工作。让我们这样说，比如，我儿子口袋里有一张

被烧了一个洞的 10 美元的钞票，他想用那个钱买 Chevron 公司的股票——那时候，在纽约证券市场每股卖 87.11 美元。而在爸爸证券交易所，Chevron 股票每股就要卖 87 美分多一点——0.8711 美元，如果精确计算的话——他买了 11 股（找回了 42 分钱）；而如果我换成小数来处理这个股票交易的话，那么我每股就要给他 0.114，而很多软件包甚至不能识别这个处理。让美元代表"美分"使每件事都容易操作，也容易明白。

开办你自己的证券交易所

当我最初开办爸爸有限责任公司的时候，我只是简单地设定了一些基本的规则，并邀请我的孩子用他们自己的钱来投资，钱多钱少全看他们喜欢。不过，最后我认识到，这种开放式的机会很可能会让他们非常不安（或接近这一点）。仅仅在纽约证券市场的交易名单里就大约有 3000 多只股票，而且还有数千只更多的股票在纳斯达克上交易，以及成千上万的其他可能的投资在各种各样的经济角落里进行着。一个更好的主意，我决定，是我自己挑选几只股票——因此他们的第一个投资决定可以集中在一个狭小的范围之内。他们不必对全球的可能的投资作分类整理，他们只需自己决定，他们的父亲最初的选择是好还是不好。而且即使孩子什么也不做，他们手里还有一些有价证券，好奇心本身就几乎可以肯定会迫使他们不时地留意一下这些有价证券。

我为我的孩子挑选了 6 只股票：英特尔（他们电脑中的大脑部

分），微软（他们电脑中的操作软件），诺基亚（他们使用的手机的来源），美国在线（他们与朋友交流所用的主要的媒介），麦当劳（食物），还有Gap(服装)。我告诉我的孩子，我选择这些特别的股票，不是从投资的角度上对它们有这样或那样的感觉，而是因为我知道孩子们对这些名字和它们的产品比较熟悉。我在给他们的一封信中，宣布我做了些什么事，其中包含有下面的内容：

1.用你们的奶奶和爷爷给你们的一些钱，我为你们在我新开的经纪公司里给你们开了一个户头，我的公司名叫爸爸有限责任公司。为了让你们启动，我已经为你们做了一个有价证券，里面包含有6只不同的股票，每只股票各有100股。根据星期五的收盘价，你们每个人的有价证券的价值略少于250美元。

2.你们的账户属于你们自己。如果你喜欢，你可以卖掉你所有的股票，把你所有的钱都取走，并且取消你的户头。或者你也可以卖掉一部分或是全部的股票，并且买些别的股票。或者你也可以往你的户头里添钱，用这些钱加买一些股票。或者你也可以卖掉一些股票，把其余的继续留在你的户头里，并取走全部的现金。或者你可以什么也不做。或者你可以做任何其它的你能想到的事。所有的利润（或损失）都属于你。

3.为了你在买卖一定数量的股票时做起来更容易，在我的证券交易所里，所有股票的价格，正好是这些股票的真实价格的百分之一，在你买进或卖出它们的那一刻，这些股票真实价格的1%——也就是一分钱代表一美元。换句话说，在纽约证券交易中心一股要花101美元的股票，在爸爸证券交易所就要花101

分。你们在爸爸公司的户头，不仅仅是为股票而开办的。它也包括一个货币市场账号，但利息要更好一些。在爸爸公司的货币市场账号的利率，目前是每个月半个百分点，在当月的最后一天支付。每个月都进行复利计算，最后的结果是年利率比6%多一点。如果你在普通的活期存款账户里有额外的现金，你可以把钱取出来；存(写一张支票给我)你在爸爸公司的账户上，在那儿你能得到利息。你可以用那些钱买股票，如果你愿意的话；或者你可以把钱取出来，在任何时间，为任何理由；或者你可以把它放在那儿不管，让它赚利息，多长时间由你决定。

4．通过你在爸爸公司的账户，你也能对任何其它的投资项目进行投资，只要你和我能在报纸上或网上找到可对其投资的可靠的价格。你可以投资于信托基金、市政债券、猪胸肉、原油、股权、或者你能想到的任何其它的事情——我将乐于解释这些东西是什么（如果我知道），或者帮助我们两个找出答案（如果我不知道）。和你的股票一样，所有的这些其它种类的投资，在爸爸公司将以分而不是以美元来计算。并且买或卖的决定将由你单独做出。

5．当我不在家的时候，如果你想买或卖什么的话，你可以用电子邮件把你的指令发给我，我以后会把这笔交易记入你的户头，价格即是你的电子邮件发出的那个时间的投资价格。请在你的电子邮件中注明那个价格。（你也可以把你的指示写在一张纸上，把它放在我的书桌上。）由于在证券市场开放的那段时间里，你几乎总是在学校，我将允许你在这之后的时间里以最新的收盘价买卖股票。我将给你投资建议，如果你需要的话(而且如果你相信我的建议),但是你可以用你的户头做任何你喜欢做的事,而且所有的投资决定都是你自己的决定。

6．你将很容易追踪你所做的投资的价值的变化,通过使用任何一种免费的在线服务,包括你自己喜欢的 Excite 和雅虎首页。我将乐于帮你安装有价证券追踪软件,或者是上面提到的两种中的任一种,或者,可能是你给我指出一个更好的办法来处理我的投资。只是要记住,为了我们的目的,所公布的价格,其单位是美分而不是美元。

7．如果你拥有的股票分派股息,我将根据每只股票的年息,把那些股息划入你的户头,一年一次,在12月底,而且我将做得尽可能地接近事实,你可以通过互联网上的任何一个股票追踪程序来核对。大多数的公司是按季度派息,但是我如果也那样做的话,那我就是疯了。如果我出了什么错,那我会尽我最大的努力,让这个错对你们有好处。

8．我将用 Quicken 在我的电脑上对你们的账户作记录,我将定期为你们打印出账目,或者在你们需要的任何时间。(你可能需要提醒我,给你们的货币市场零花钱增加利息。)你们也可以在我的电脑上核对你们的账户,在任何时间。

让你的孩子马上开始

读完我的信后,我儿子马上重新安排了他的有价证券,去掉

几个我选的股票，加进几个他自己的新股（他的花费需要一些现金，他用支票付给我）；我女儿对她的账户产生兴趣慢了一点，不过，她也很快重新安排了她的持有物。她也在爸爸公司的货币市场基金存了一大笔钱，因为她在她的活期存款账户上什么也赚不到，她对此已经厌倦了。

第二年，我给他们在爸爸公司的户头里增加了一些东西，用的还是他们的祖父母给他们的钱，他们的祖父母为此目的又一次给了他们钱。不过，这次我增加的不是个人股票，而是三种信托基金：一种法人债券指数基金，一种价值固定的证券基金，和一种广泛证券指数基金。在我这样做的时候，我不得不解释了什么是信托基金，公债，指数。

在那之后不久，我女儿——她在她的有价证券里的几只股票上遭受了损失，包括两只她自己选的股票——决定她不再对个人股票感兴趣了。她让我卖掉她所有的个人股票，并帮她选择信托基金来重新作赢利性的投资。她说她只是上学就太忙了，没有时间给她的投资，因此她更愿意把这个工作交给专业的基金管理人——对她自己来说，这是一个非常有价值也很成熟的发现，她为此花费的并不多。（我的一个成年的朋友在他50岁的时候，在股票市场损失了50万美元以后，才有了一个完全相同的发现。他是在一个很短的时间内，以一个较大的佣金在一个股票经纪人的帮助下，损失了那么多的钱。那个人的名字你们很快就能认出来。）

中立

对我的两个孩子，我尽了最大的努力，去做一个中立的观察者而不是一个金融建议者。我对股票市场"未经邀请"就作了一些评价，我对我自己的几个好的和不好的投资也作了评论，我也给他们看了我为了他们的利益而管理的真正的有价证券。而且我

也尽了我最大的努力对种类各不相同的投资做了解释。

不过，对大部分的事情，我什么也没说，除非他们问我。我不想让我的孩子简单地重复我自己作为投资者的成功与失败；我想要他们开始自己找到对投资的感觉。我想要他们看到他们的财富是怎样受到不可预知的全球性事件的影响（像恐怖分子2001年9月11日的袭击），同时也受到严厉的经济和财经新闻的影响。我的目标不是告知他们"智慧"是什么——我自己也没有多少——而是允许他们在估算金融风险方面获得一些第一手的经验。从别人的错误中学习总是很难，因为你忍不住要相信，如果你当时处在他们的情况下，你肯定不会做一个傻瓜。我想我的孩子会学得快一些，如果他们犯的错真的是他们自己的错。

我也尽力避免一种很自然的成年人的倾向，就是通过设定惩罚性的责任，来破坏一种有趣的富有教益的经历：我不向我的孩子收取作为经纪人的佣金，我也不对他们出售投资物所得的资本利得课税。交易费和交易税是真实的投资世界的真实的一部分，但不需要马上就让这些令人不舒服的细节问题成为孩子们的负担。他们将很快就会知道各种税以及交易费。为了那个时刻，我想，我要教给他们足够多的东西，通过简单地给他们一些进行真正的交易的机会，让他们来观察自己在风险与回报之间进行交易的承受能力。

爸爸银行怎么办？

爸爸银行关闭后，爸爸证券交易所才能开始经营业务。为什么？因为没有哪个头脑清醒的投资者会放弃有保障的每个月 3% 的利率——由有诚信和信用的爸爸自己来支持——目的是为了投资于证券市场。（嗨，如果有什么人给你提供有保障的、甚至是每个月 1% 的利率，你也应该卖掉你所有的股票，接受这个利率，因为每个月 1%，已经超过了在过去的这个世纪或者是相当于这么长的时间里股票的平均回报率。）

在我的孩子还是爸爸银行的顾客的时候，我经常为上面的那个事实所困惑。我想要他们在股票市场上得到一些经验，但是我不想强迫他们做投资上的变动，那样的话，我自己的银行系统就成了非理性的。怎么办？

我想到的一个可能的做法，是给他们在爸爸银行的账户的零花钱设定一个最高限额，于是一旦他们触到了我所定的限额（假如说，200 美元或者 300 美元），孩子们就没有多少选择，只能把额外的钱转到爸爸公司。但是我担心这样的转账会让人感到很困惑，同时我真的不想拿走让他们存钱的动力，那是我解决了很多麻烦才创造出来的。我也不想给他们这样的暗示，就是一个完全没有风险的投资（爸爸银行）给的平均回报，要远远高于一个很有风险的投资（爸爸股票交易所）。

但是我的孩子为我解决了这个问题，他们在 12 岁的时候决定，他们想要真正的活期存款和真正的借记卡（参看第四章）。那就把他们在存款上本来有保障的回报推到了零，因此就使股票市场看起来其潜在的价值要高于增加的风险。而且通过给他们提供一个货币市场基金，我提供了一个没有风险的储蓄替代品，除非

他们决定因害怕而不要。

要准备的问题：向你的孩子解释证券交易

股票市场投资要比储蓄账户投资难懂，所以如果你要把你的孩子引入股票市场，你就要做一些解释说明。这里是主要的问题：

当你持有一股股票的时候，你真正拥有的是什么？

这是一个父母必须准备好要回答的问题——或者反过来问他们，如果孩子们自己不问的话。

有一个好的答案，是我还是个少年的时候，我父亲给我的：当你拥有一股某种股票时，你拥有发行这只股票的那家公司的很小但却是很实在的一小片。我记得当时这个想法给我留下了特别的印象，我仍然能够模糊地听到我自己在上一年级或二年级时，拿这句话向我的朋友夸耀。那个时候，在我父亲为我管理的监护户头里有少量的股票，其中有几股福特汽车公司的股票。结果，我意识到，每一个福特的工厂、办公楼、书桌、曲别针、停车场，我都拥有非常细小的一小片——所有的这些都是我的，虽然在很多情况下，我的那一片如果不是以电子作单位，也得用分子作单位来度量。而且，当我看到一辆浅蓝色的1962年的福特菲尔雷恩汽车在街上开过时，我想，"我造了那辆车。"我也知道，我，作为这家公司的部分拥有者，有权得到福特的利润的一小部分，而且我的那部分利润会以按季度分配股息的方式付给我(或者，放进我的监护账户里)。

作为福特的股东，我还拥有第三个东西，也常常是所有的东西里面最重要的，尽管我当时没有想到这一点：我自己还有世界上任何别的人可能会有的，对福特公司和福特股票的看法，对二者的未来的看法，对每一个积极的、消极的、中立的、聪明的、愚蠢的还有疯狂的看法，我都拥有一小片。股票市场是一个市场，就像对比尼宝宝的市场一样，单股福特股票的价格，不是万无一失地、由基于书本上的价值和利润的科学公式决定，而是要受到许多方面的严重影响：恐惧、希望、热情、错误的观念、怀疑、期望、推理能力、情感、误解、非理性、梦想、以及每一个买卖这只股票的人都会有的精神上的问题，在一个派对上有关它的闲话，或者把这些闲话在报纸上写出来，或者在电视上讲出来，或者是在网上的聊天室里的谎话，所有这些，都会对福特股票的价格产生非常严重的影响。换句话说，单股股票的价值是由人类的看法决定的。那些看法可能会受到用纸和铅笔对公司的资产所做的估算的严重影响，也受到对公司的经营表现所做的各种客观的估量的影响，但是，最后，一只股票，就像比尼宝宝玩具一样，人们决定它值多少它就值多少。

做一个总结：当你拥有一只股票时，你拥有三样东西：

＊你拥有这家公司所拥有的一小部分；

＊你拥有这家公司赚的利润的一小部分；

＊你拥有别人对这家公司和它的股票的看法的一小部分。

同样的事情，只是反向的

向孩子解释这一切的另一个办法，是从相反的方向接近这个

问题，让孩子想像一下，他不是拥有一家像福特这样的公司的一小片，而是拥有全部的公司。如果你女儿，由于某种原因，拥有整个福特汽车公司，她会拥有什么？噢，她会拥有所有的工厂、停车场、曲别针，全都由她自己拥有。她也说了算。如果她愿意，她可以去坐在主席的书桌前，或者她也可以雇别的什么人为她坐在那儿。她可以突然决定不再生产卡车，或者把公司的总部卖掉，用赢利买糖果，或者把下一年所有的陶乐赛斯车都漆成紫色，或者做任何别的她想做的事情。而且如果福特有赢利，那么所有的赢利都是她一个人的，因为她是这个生意的唯一的拥有者。她可以把她的赢利存进一个巨大的储钱罐里，或者投资建一条新的小型旅行车生产线，或者买连锁比萨饼店，或者做别的什么事。

当然，在现实中，福特公司有许多拥有者——所有的股东——不是只有一个。但那些股东是集体地拥有所有的权利，与你女儿一个人拥有那一大堆股票时所拥有的权力一样。许多福特公司的股东，一起行动，得以作出一样的决定——尽管他们是间接地作出决定（如果他们不嫌麻烦去那样作的话），通常是采取投票选出董事的方式，这些董事自己作一些重大的决定，但是典型的做法是选择另外的人，代表所有股东的利益来作其它的决定。

股东让一家公司运转，用另外的话来说，采用的方式本质上与投票人让我们的国家运转的方式是同样的：通过选出别的人来为他们处理那些他们自己不愿意做的事情。他们拥有的都是一小点，但是与你女儿所拥有的是同样的真实，如果她一个人拥有那家公司的话；他们的拥有只是分散在一大群人中间，他们是集体地行使他们的权利，而不是个体地来使用。说一个股东真实地、真正地拥有发行股票的那家公司的一小片，就是这个意思。

福特股票的股东赚钱、或者损失钱的方式，在很大程度上，与假设是你女儿自己完全拥有这家公司时，她赚钱或损失钱的方式是一样的，尽管他们的方式不那么直接。如果福特公司以分配股息的方式把它的部分利润分配给股东，这些股东就因为持有这些股票赚到了钱；如果福特公司的生意很好，或者其未来的经营前景看好，这些人也能赚钱，他们可以把手里的股票卖掉，在有赢利的时候卖给别的愿意花很多钱的投资者，因为那些人急于在这个时候进入；如果福特公司目前的经营不好，或者其未来的经营前景不被看好，这些股票持有人就要损失钱，如果他们把股票以低于他们购买时的价格卖给别的投资者。

股票到底是从哪儿来的？

有一天我儿子问了我一个好问题，是很多成年人从来没有想到要问的：股票到底是从哪儿来的？

答案是股票最初是从公司自身来的，公司把股票卖给社会，目的是为了筹钱。公司可以把那些钱用于各种各样的目的（比如建新工厂、还债、或者允许最开始的拥有者能够退休到一个热带的小岛上去）。

不过，在最初的出售之后，对这些股票的后续的出售或购买，公司就不会直接从中赚钱或损失钱。举个例子来说，如果我明天

买100股福特公司的股票，我就不是从福特公司，而是从别的股
票持有人手里来买，那个持有股票的人也是从别人手里买的，别
人也是从别的人手里买的，而别的人又是从另外的别的人那儿买
的，如此这般。福特公司与我的股票之间的唯一的联系，是我持
有这些股票让我成为这家公司的部分的所有者，因此使我有权得
到股息、年终报告、在公司的年会上的一个投票，等等。换句话
说，我买福特公司的股票让我为福特公司担负起很多义务，但没
有钱。

公司真正受到对他们的股票的后续的出售和购买的影响，有很多复杂的情况，不过，如果你的孩子真的是那么好刨根问底的话，他们就会足够的聪明，自己就能弄清楚然后再解释给你听。

什么是债券？

当你购买一家公司发行的债券时，你不是在买一小片这家公司；你是在借钱给这家公司。如果我买了价值1000美元的福特公司的债券，我实际上在做的是借给福特公司1000块钱，在一个固定的时期内。作为回报，福特公司付给我固定利率的利息，并承诺在约定好的那段时间的后期，把借款归还给我。作为投资，债券一般都比股票安全一些，但是其回报一般也要低一些。

你也可以从实体而不是从公司购买债券。最重要的债券发行人是美国政府，它卖这种或那种债券，到期的时间从3个月到10年不等。为什么我们的政府需要借钱？它需要借钱因为它花的钱（花在工资、原子弹、水库大坝和其它的花费上）多于它从税收和别的政府收入中得到的钱；那就是联邦赤字。当你买债券时，你是在借给政府钱，它需要用这些钱来偿还国债。人们都知道，一般来说美国政府债券是世界上最安全的投资，因为它们的价值肯定会被归还，只要美国还在运转。因为这些国债是如此的安全，他们所付的利率也非常的低。

什么是信托基金？

信托基金是把来自许多不同的人的钱放在一起，再把这所有

的钱投资于股票、债券，或者其他的证券，或者任何数量的可能的投资组合。信托基金的主要吸引力，是它们使小投资者能够把他们的钱用于更多的不同领域的投资，而如果他们，假如说，是购买个人证券，恐怕就不大可能做到这一点。有很多很多的不同种类的基金，你可以把那些不同种类的基金解释给你的孩子听，如果他们感兴趣的话。要这样做，就要求你自己做一点初步的研究———一件被互联网极大地简单化了的小事。

通过你的经纪公司把信托基金提供给你的孩子，所产生的一个问题就是，这样做，需要你跟踪那些基金的分红、已经知道的资本利得，并且把这些给你的孩子记入他们的户头，而这通常在每年的第四个季度发生。最好的做法，可能是在年末的时候，去这些基金的网站上查看相关的信息———但是你得检查、再检查你的算术计算，因为那些数字会让人很糊涂。不过，那是你一定要做的事，因为价值会有重大的变化。如果你不给你的孩子合适的分红，那么他们的基金投资就显得不那样值得，不像那些基金本来应该显出的那样值得。

7. 真正的净资产

　　孩子们常常说，他们希望会非常、非常富有，而且为什么他们不应该？加热的地下游泳池、喷气机、私人游艇、还有装有能自动分发糖果的设备的豪宅，这些来得都不便宜，所以如果你想在长大以后拥有这样的环境，你最好准备好把你的手严肃地放在一些钱上面。说他们想成为百万富翁的孩子不一定是贪婪的；经常地，他们只是对他们所感觉到的他们长期的需要比较现实。

　　随着时间的流逝，对财富持有这样实事求是的态度变得很难。大人们，也经常说他们想要很富有，但是他们的渴望通常缺少明晰的、结果确定的焦点，那曾是他们年轻时所有过的。成年人有关财富的想法，常常和很多其他的想法混合在一起，大多数都是混乱的或者是黑暗的神经官能症的。经常地，成年人想要富有是因为，噢，他们已经尝试过了其它所有的事情。或者是上面的那个原因，或者是因为他们的朋友比他们有钱，他们不能忍受要站在这样的朋友的旁边。随着一年一年时间的过去，钱开始能够看起来不那么像一种有用的工具，而更像是救助时的最后的一试。

　　解决这样的问题被一个不可否认的事实弄得很困难，就是，钱，更经常是，真的能买到幸福，或至少是精神上的安宁。拥有很多钱，马上就能减轻所有那些最糟糕的、由钱所引起的冲突与

焦虑——对大多数的人来说，那是日常生活中最经常的、难以忍受的负担——由此也释放了一大块人类的意识，可以用于考虑更多的令人高兴的事情。富人有时宣称他们在过去贫穷的时候更幸福，但是不管是他们还是别的智者，可能会宣称幸福的真正的来源是什么，但有足够多的钱的人比那些没有足够多的钱的人，睡得要好。如果你不带你生病的孩子去看医生的决定，是因为你害怕可能会有的花费而产生的，那么就很难成为有生产价值的人类的一员。

这些对钱的正相反的感觉，不可避免地影响到我们的孩子。因此，我们作为父母，所要面对的巨大的挑战之一，就是要在我们的孩子面前具体地表明，我们对货币财产的一个态度，承认钱很奇妙，然而不能提出不合理的期望，或者产生不自然的象征性的依赖。父母向他们的孩子断言，钱和幸福没有关系，那是不恰当的，因为甚至是学龄前的孩子都已经看到了二者的联系；不过，同时，父母必须尽力不要让他们自己在金融方面的困难使得孩子相信，钱本身就是生活的、或是爱的、或是人类实践的意义所在。这种保持平衡的做法对每一个人来说都是很困难的，但是对那些处于富裕范围的两端的家庭来说就特别困难：无论是富有的父母还是贫穷的父母，在养育那些父母的净资产完全没有给他们带来什么痛苦而难忘的经历的孩子时，都会有一段艰难的时光。

在我还是一个小孩子时，每当大人们宣称世界上真正富有的人是那些善良、健康、趣味高雅等等的人，我都会感到很烦恼。有很多分散的证据来支持这样的断言，但是我知道的一个事实是，只有好的用餐举止还有微笑，不能让我买一辆我自己的艾斯顿——马丁DB5型汽车。后来，当我成为一个有抱负的嬉皮士，在任何人好像认为钱意味着一切时，我也感到有一种类似的被激怒的感觉（然而仍然设法发现任何美元的有趣的用法，如果碰巧在我的喇叭裤的口袋里发现了的话）。

现在我是一个大人了，我的感觉变得毫无希望的混乱。我爱我的美丽的、美妙的钱和它为我做的每一件事，但是我也明白我生活中最重要的快乐的来源，很少是那些标签上的价格最贵的东西。在这两种态度中间保持一个合理的健康的平衡，要求我几乎每天都要做情感的和智力上的调整。对我来说，更难的，是找出办法把那种平衡的意识传达给我的孩子们。

由于所有的这些原因，我们做父母的可以帮我们的孩子一个大忙（也帮我们），就是通过有意识的不断的努力，来扩大和加深整个家庭对财富的理解。不过，要在这一点上获得成功，我们首先需要给我们的看法做一个彻底的检查并使之跟上这个时代。

真正的净资产

任何曾申请过大笔贷款的人，或者试图决定要买多少人寿保险的人，或者个人理财杂志的定期读者，对计算个人净资产的概念都很熟悉。你把你的财产加起来（银行存款，家里无固定利息的股票、证券、你的家具的市场价），减去所有的债务（抵押贷款、买车的贷款、信用卡欠的债、尚未支付的资本利得的税）。作

为结果的数字就是你的金融清盘价值——如果卖掉你所有的不动产和投资，并还清所有债权人的钱，给你剩下的那堆钱的数量。

在真实的生活中，某些情况下，例如为退休或者死亡作计划时，这时知道你的净资产是绝对有必要的。但是净资产对日常生活来说并不是一个非常有用的指南，因为它只以市场价格来计算财产，可能会极度地减少或夸大它对你的意义——而且它没有计算可能同样重要的非金融财产。好了，就这个问题我已谈了半天了，而且我产生了一个在我看来更有意思的观念。我将把我的观念叫做真正的净资产。

对真正的净资产的估算，不是一个一步一步循序渐进的过程。你不需要计算器或是最近的佣金支付记录——毫无疑问，如果在填写金融调查表时你是很多被剔出的人中的一个，你会感到很失望。事实上，你不真的需要加上或减去任何的东西。考虑真正的净资产的着眼点不是发现一个数字，而是发现做些小的调整的方法，这儿、那儿，对你对价值的思考的方式，最终，对你生活的方式作些调整。考虑真正的净资产也帮助你的孩子学习管理他们自己的生活，学会以一种将来能帮助他们把他们的满足感最大化的方式，来管理他们的生活。

你会在盒子里放什么？

大概在10年前的圣诞节的早上，我们夫妇认识的一户人家的房子失火了，火不太大。在他们壁炉的石头部分有些小裂缝，

有一些未完全熄灭的灰烬落到了靠近炉边的木框上，几个小时以后，开始有烟从地板上升起来。我的朋友给911打了电话，然后几乎是在瞬间作了决定，当他们撤离他们家的房子时带上什么东西，如果能带什么的话。注视了半秒钟以后，在他们冲向门口的时候，他们抓起了他们的家庭影集。

　　在过去的10年中，我不时地想着他们的这个决定，却没有发现一个更好的主意。如果我不得不匆忙地逃离开我的房子，我会忽略珠宝首饰、电脑和我们新的大电视机（我怎么也搬不动它，

我知道这点是因为在几年以前的一个圣诞节前夜，当我试着移动它的时候，我被摔了一个仰八叉），而把手伸向我们的剪贴簿，这也很方便，因为这些剪贴簿就放在离门只有几步路的架子上。我是一个半强迫性的家庭影集的编辑者，而组成这整套影集的相册的册数，现在已经超过了一打。在过去的这些年里，那些相册提供了无限的快乐、舒适的时光，为我、我妻子、我们的孩子、我们的亲戚、还有其他的人。生活中若没有了这些剪贴簿，看起来就会可怕地减少了价值；如果别的东西都没了，那些剪贴簿能给我们家的其他成员和我提供一个感情基础，在此之上，就可以重建我们的生活。①

因此，从这个意义上来说，难道我不应该把我的影集看成是最有价值的财产——在我的真正的净资产的组成中是第一位的财产？从严格的金钱的意义上看，那些相册没有什么价值；我不能把它们卖给任何别的人，即使它们花了价值一千块钱的照片洗印费。给它们上保险是无意义的，因为多少钱也不能把它们带回到现实存在之中，如果它们在大火中完全消失了的话。它们的价值纯粹是感情上的，而且那种价值，对我和我家里的其他人来说，是巨大的。

（我突然意识到，我马上应该做的事，是把我的影集拿到某种

---

①万一你一直在担心，我告诉你，我朋友的房子没有被烧毁，尽管遭受了中等程度的损失。不过，我确实知道有另外一个家庭，在一场房子失火中失去了一切，而且他们自己也被这场损失毁掉了。正像几个月以后作丈夫的所说的那样，"过了一段时间，每一个人都安全地出来了看起来还不够"。

复制照片的店里,把所有的照片都按原来的尺寸再加印出一套来,并且都是彩色的,然后把这套加印的照片保存在我父母的房子里,或者其它安全的、远离我们的地方。我希望我很快就做这件事。)

对我差不多有同样价值的东西,是我长长的日记,我保存了差不多10年了,当时我们的孩子还很小。这些日记按时间记录了我们孩子小时候的生活,主要是他们在长到足够大,知道更多的事情以前,说过或做过的有意思的事("戴夫,奶酪是蔬菜吗,还是别的什么?"我女儿4岁的时候,有一天她这样问我。)和那些剪贴簿一样,这些日记在过去的这些年里,也为我和我家里的其他人带来了许多快乐的回忆时光。当我无目的的随手打开它,读上几页,所有的那些失去的时光都被鲜活地带回到我的头脑中。我期待着在多年以后,当我在某家养老院里度过我生命中最后的日子时,我能一遍又一遍地重读这些日记,让昔日的美好时光萦绕于心。

你最有价值的财产是什么——有一项还是有几项,应该被列入你的真正的净资产的最高点?对这个问题,你可能不是摸摸脑袋就可以马上回答的,但是想一想你会怎样回答,将会是一个有益的、持续的练习,对任何人都是如此。如果你的孩子已经大了,能够明白这个概念,你也可以向他们建议,他们可能会发现思考这个问题很有趣。(如果你的孩子还很小,那么你已经知道了什么是他们最有价值的财产——毯子、填充动物玩具、或是他们喜爱的玩具,在出门度假后发现没带这个玩具时,曾让你把车掉头,往回开了100多公里。)对大一点的孩子,这个练习能把他们带进

对真正价值的沉思冥想之中。例如，你可以是随便地问你的孩子
——可能是在学校的假期快结束时，在一个长长的、令人感到沉
闷的下午将近过半——他们最想紧紧抓住的是什么，如果出于某
种原因，他们不得不摆脱掉他们房间里所有的东西，除了那些他
们能放进（比如说）一个中号厚纸板的盒子里的东西。他们决定
保留些什么？你甚至可以给他们一个真的盒子并让他们试一试。

　　这个练习是有启发性的，因为它迫使回答这个问题的人要把
价值的概念与花费的概念分开。在回答这个问题时的深入思考，
可能会对你的孩子还有你，有一个启发，那就是，有很多真正的
财富是钱不能代替的。其中的观点不是暗示他们钱是没有任何意
义的——如果有一大叠的钱散放在我的房间里，我会毫不犹豫地
把它放进我的盒子里——而是鼓励他们去考虑他们生活中能带来
个人满足的最深的源泉是什么。

什么使你最快乐？

　　这是一个类似的问题，但是，不是一样的问题。例如，有三
四本书是我特别喜欢的，每年都要重读一遍。如果我把那些书弄
丢了，我很容易就能找到同样的书来代替，或者从图书馆里查出
相同的版本。但是如果那些书从来没有被写出来过，我的快乐的
程度就要比目前的低。

　　如果我在申请房屋抵押贷款，我从那些书中得到的快乐不能
说服银行官员，让他认定我有资格得到一大笔贷款。但是阅读而

且重读那些书,对我的真正的净资产作了真正的贡献。由于它们,我的生活更富有了。

我很犹豫要不要对我儿子说,但是就目前来说,让他最快乐的活动可能就是弹他的电吉他(在他还很小的时候,最快乐的是用积木搭建东西)。吉他本身很容易被替换,如果出了什么问题的话,所以不能说吉他是他所拥有的最有价值的东西。但是如果他列出一个单子,列出在他现在的生活中主要的快乐的来源,他弹吉他的能力,很可能会在接近最高点的某个地方。目前,换句话说,吉他弹奏可能是他的真正的净资产的一个最重要的组成部分。

我对打高尔夫球也有同样的感觉。我在 10 年前开始这项运动,在我刚刚步入中年的时候,而且从那以后,天气好的时候,我每个星期都要打上两三次。现在我最亲密的朋友,绝大多数都是一起打高尔夫球的伙伴,而且在过去的 10 年里,我最快乐的记忆,很多都来自于我所做的与高尔夫球有关的旅行,或者是我打得不错的比赛,或者是我和朋友加入的愚蠢的竞赛。我甚至重新规划了我的事业,所以今天我可能写有关高尔夫球的话题,要比写别的话题多。10 年以前,我没有想到过高尔夫球;现在,我也很少想别的事情。因此,高尔夫球,在某种形式上,在计算我的真正的净资产的单子上,肯定是属于接近最高点的。如果我从事一项薪水更多的工作,却使我在一个星期里要远离高尔夫球场,我的金融净资产会上涨,但是我的真正的净资产就会直线下跌。

每年夏天,我的家庭都会去同一个地方,玛莎葡萄园,度过几个星期。我的孩子从他们还是个小不点儿的时候就去那儿,而

且他们每年都还期待着去那儿。我的一些最快乐的时刻曾是在那儿度过的，我想我的两个孩子也都会说出同样的话来。我们的葡萄园假期花费并不太多，因此也就没有多少现金方面的价值——也就是说，如果我们停止去那儿，我们省下来的钱加起来也不会多到很多，而且肯定也不能买来有更显著的价值的东西——但是这些假期却毫无疑问对我们的真正的净资产做出了巨大的贡献。如果我们不能再有那样的假期（或者，更糟糕，如果我们不能再有对我们已经度过的假期的记忆），那么除了金融方面以外，我们在其他的一切方面，都会变得更加贫穷。

由于生活中所有这些非金融来源的价值都很难或者不可能计算，人们在做他们认为是他们生活中主要的金融决定时，都倾向于对这些非金融的价值忽略不计：我在工作上应该担负更多的责任吗？我应该重新回到学校读书吗？我应该买一个更好一些的房子吗？所有这样的问题都含有重要的金融方面的暗示，但是它们对人们生活的最大的影响，通常和钱没有多少关系。比如说，如果我把家搬到西海岸，为的是接受一份薪水更高的工作，我就会让我们通常在夏季去玛莎葡萄园的旅行从逻辑上来说变得很困难。收入上的增加能够补偿在真正的净资产上的损失吗？

几年以前，在一个秋高气爽的工作日，我的朋友比尔和我做了一件我们在这样的日子里常做的事：在中午就结束工作，把那天余下来的时间用来打高尔夫球。比尔是一个律师，而且他知道，如果他在一个大城市，为一个大公司工作，而不是在一个小镇上，在一个只有一个律师的律师所里工作，那么他能赚到更多的钱，

正如我也知道，我也能赚到更多的钱，如果我不是和像他这样的人，. 花很多时间在高尔夫球俱乐部里闲荡。在这个特别的日子，我们明白无误地讨论了我们都相信我们已经达成的交易。"如果我在纽约城工作，"他说，"多少钱也不可能让我们在12点下班，在12点零5分就可以出现在任何地方的任何高尔夫球场的开球处。因此我们比纽约城的任何一个高尔夫球手都要富有，包括唐纳德·特兰普在内。"

我们两个都对我们的事业作了安排，把我们两个都认为是我们的真正的净资产的主要的组成部分最大化，尽管这样做，我们的金融净资产几乎肯定会有很大的减少。这样描述时，我们所做的妥协可能看起来很明显，但是对那些从相反的角度看问题的人来说，这种妥协很少看起来是明显的。生意兴隆的父母倾向于让他们的孩子只把生活看成是一个梯子——而且不要向下看！他们毫不犹豫地迫使他们的孩子要达到可能达到的最高目标，不管要做怎样的努力，但是很少鼓励他们思考，除了达到这些目标所要克服的困难以外，那些目标在他们的生活中是否具有真正的价值。换一种说法，就是他们很少鼓励他们的孩子（或他们自己）谨慎地、实事求是地思考他们快乐的真正的源泉。我常常想起一个男孩，他曾是我孩子上学的那所学校的学生。他是个优秀运动员，是很多球队的明星。他的父母经常向学校行政部门抱怨，说他们感觉运动项目不适合他们的儿子，他们为他的天赋感到不值。最后，他们把他拉了出去送到一所著名的寄宿学校，那儿的球队更好——而他们的儿子的运动生涯，在他余下的中学生活里，是坐

在板凳上度过的。他的父母可能会更快乐一些，既然他们的儿子已经是一个更有名的球队的一员，但那个男孩自己的真正的净资产，几乎可以肯定，是下跌了。

人各有志

当我女儿在 14 岁或 15 岁开始考虑上大学的事情时，她决定

她不愿意做填写简历之类的事情，那是有抱负的孩子——或者，更可能是父母有抱负的孩子——在中学的时候经常做的事。最具选择力的大学要拒绝这么多的合格的申请人，她认识到，很有可能还没看到她所填写的材料，她就被淘汰了。于是她决定，与其

试图通过入学委员会的第二次"猜选"，她更愿意以她希望的方式度过她的人生，并且接受一切后果。

事情的结果是，不管怎样，她很早就被她的第一志愿录取了。但我认为那不是一个意外。我相信，她被接受是因为她的简历真实地反映了她是什么样的人，而不是因为她用了什么办法，设法使委员会的陌生人相信她是别的什么人。我为大学面试女性申请人，这项工作我已经做了15年了，我非常肯定，我知道有些孩子说有"兴趣"的那件事，其实并不真的能引起他们的兴趣。我为那些孩子感到遗憾，不仅是因为具有讽刺意味的是，他们把几百个小时浪费在了对他们没有多少意义的事情上，而且也是因为他们中的绝大多数人都曾被不停地告知，出于他们的父母或其他人，他们将会什么都不是，除非他们能找到办法骗别人相信，他们不是他们真正是的那个人。

约翰·凯兹曼，"普林斯顿评论"的创办者和首席执行官，这家公司是培训参加全美大学入学能力考试和其它标准化考试的学生的，经常会遇到一些父母，他们把孩子的生活看成是他们自己的抱负的延伸。"你会遇到这些以生意和结果为中心的父母，"2001年他这样告诉《纽约》杂志的一个作者。"同样地，他们也期望为他们工作的人整晚工作，废寝忘食。他们对待自己的孩子就像对待属下一样，孩子的工作就是进哈佛。在任何时候，当孩子做偏离这个策略的事情，比如约会时，父母就会一再地提醒他们并且说，'你今天做的事对进哈佛有什么用？'"

区别不同的志向对有些父母来说极其困难。我知道有一位妇

女，她在她儿子的足球比赛上的表现非常令人讨厌——她每一分钟都要在场边用最大的音量评论他的表现——以至于球队的官员最后告诉她，只有当她坐在车里观看时，她才会被允许继续参加她儿子的比赛。那只起了一会儿作用。然后她意识到她可以按喇叭。

那些把孩子推向对孩子来说没有任何意义的目标的父母——而不是帮助他们的孩子学会对现在和将来怎样度过他们的一生，做出考虑周全的决定——是在剥夺孩子，把孩子生活里的很多重要的和潜在的得到快乐与满足的源泉剥夺走。他们是在浪费他们孩子的真正的净资产。

钱的真正的净价值

我一直在讨论快乐，这样做，远不是认为快乐是免费的，尽管它当然不是免费的。为了能在中午离开工作去高尔夫球场，我的朋友比尔和我都不仅需要在时间上有弹性地工作，而且也需要有足够的个人金融资产，来支付我们在一个星期的中间所度过的半天假期的费用，这还没有提到我们交给俱乐部的会员费。把我们的工作安排到能使我们的真正的净资产有最大值，换句话来说，也要求我们赚到一个好数目的钱。

因此，钱是任何人的真正的净资产的一个特别重要的组成部分。但是它的价值不总是可以自我证明的，也不是恒久不变的。高尔夫球打得越多意味着赚的钱会越少，但是赚的钱少一些就很难使高尔夫球打得多些。找到一个好的平衡是一件需要反省和妥协的事。我妻子和我有一次曾想搬到一个更大更好的房子。我们差不多都要付钱买下那所房子了，只是我们最终认识到（在我们的孩子的帮助下），不管我们可能从这个变动中得到什么，都很可能会更多地被我们可能失去的抵消掉。假定一个新的大的债务，可能就意味着在其它什么地方所做的削减，那么为什么不代之以更多的家庭旅行？

帮助我们的孩子为解决这些在他们的成年生活里会出现的问题做好准备，最好的办法就是以适合他们的年龄的方式，和他们分享我们对这些问题的不确定的、个人的发现。有很长一段时间，关于生活在成人世界到底什么样，我们一直是我们的孩子的第一个也是最好的信息来源。我们能够帮助他们在他们自己的生活里作出更好的决定，如果我们找到办法让他们知道——不用防御、不用失望、不用自夸也不用害怕——作为我们所选择的生活的方式的结果，我们得到了什么或者失去了什么。

这样的事常常在冷静地观察别人的生活的时候更容易做到。如果你孩子的朋友的父母得到了一个新的工作，需要他的家庭横穿这个国家，搬到别的地方去，你就有了一个机会来着手安排一次有潜在的启发性的家庭对话。你可以问你的孩子，他的朋友对这次搬家有什么感觉，在同样的情况下他们自己会怎么想，他们对像换学校这样的事怎么看。所有的这些讨论都强化了这个重要的观点，就是生活，部分是由过去所做的、所有的好的决定和坏的决定的总和来支配的，而不仅仅是意外、奇想和运气的结果——尽

管后者当然也是应有之议。

增加真正的净资产

考虑真正的净资产的一种有用的方式，是把焦点集中在我认为是它的内在价值的基本单位：小时。我不会有比尔·盖茨那样上亿的资产，但是没有理由让我不能享受，在任何给我的小时里，和他一样多的快乐和人类的满足（或者，在他不得不面对司法部的律师的那段时间里，我享受到的更多）。他有更多的钱，但是我的一天和他的一天一样，都由同样数目的小时组成。甚至在我相对的贫穷之中，我也完全有能力得到同样多的快乐，就像他从他的那些小时里得到的一样。

这不等于说钱不重要。显然，钱很重要。但是想到时间而不是钱，就把主要的焦点从象征性的财产转到了真正的财产上面。钱不能买来快乐，也不能给真正的净资产增加什么；令人满足的一个小时却什么也不用花费，却能增加很多。

一天之中的小时证实了所有基本的经济法则，其中包括有关机会成本的法则：你花在一项活动上的一个小时，不能也花在另一件事上。对真正的净资产的思考，鼓励你把一个小时与另一个小时进行对比——可能甚至会把你的生活想成一个在不断贬值的财产，不管你用得聪明还是不聪明，你的时间财产都是在稳步地在减少。

财富相对论

　　我的一个富有的朋友有一次告诉我，"快乐的秘密是有穷朋友。"他的观察的内核具有深刻的真实性，其真实性在于人类倾向于这样衡量他们的生活状况，不是客观地看待他们所拥有的生活，而是把他们的环境与他们的邻居、同学、同事、朋友、还有那些他们经常接触的人作比较。在多数情况下，几乎我们所有的人都会与仅仅生活在一个世纪或半个世纪前的最富有的人相比较，从而发现我们的生活水平要比他们高出很多，这是一种享受（不像我，约翰·D.洛克菲勒没有过一台超大的彩电，或是里面装有能自动开启车库门开关的小型旅行车。哈！）。但是你的朋友的房子有三个洗菜槽，而你的却只有两个，这时上面那样的想法就很难让你感到是个安慰。

　　对文明世界的大部分历史中的人类的全部的条件作一个考察，你就会想其实那很简单，没有鼠疫就足以使我们中的大多数人都沉浸在一种欢快的情绪之中——但是，不，我们也要一个洗热水澡的浴盆。随着时间一个世纪一个世纪地过去，人们很简单就能找到不同的让自己脾气暴躁的原因。自己生活中的每一个改善，因为别人一样的或更大的改善就被否定了。事实上我，不同于亚历山大大帝，有一个室内的铅球场，并不能让我想到比我富有的朋友所拥有的财富时，能感到不寒酸。

　　对这个牵连到感情的问题，孩子们能够从两个方面来考虑。也就是，有时候对他们与朋友在物质情况上的极大的差异，他们

135

能快乐地毫不在意，然而有时候一些很小的差异对他们来说，甚至比那些最可怕的大人更残酷、更可怕，也能让他们感到受了挫折。不管你的家庭在与你的熟人相比较的时候，会在富裕的等级序列中落到什么位置，你都可以给你的孩子一个恩惠，帮助他们找到办法，让他们在与那些对别的感觉不太敏感的人相处时，感觉很舒适。

在这方面我给了我的孩子唯一的一个好建议，我建议他们怎样对付那些比他们更富有、经常夸耀他们的财富的朋友：当一个很有钱的朋友用与钱相关的方式自夸的时候，（比如说，就他父亲花了"100万"买的新车自我炫耀），不要被拖进一场争论当中（那是不可能的！）——只要假装被打动了（哇！真的很酷！）。这样做总是很管用，甚至对大人也是如此。经常对他们的财产进行自夸的人，通常是由于缺乏安全感才这么做的，而争论只能让情况更糟。

一个练习：绘制真正的净资产的地图

10多年前，有一本短命的叫做《摇摆·旗语》的杂志，每个月都邀请一位嘉宾画出他或她生活的地图—— 一张用地理的和地形的因素代表生活里的主要转折点、快乐的源泉、兴趣的领域等等的地图。我认为画出一个人生活的地图，是一个思考真正的净资产的好方式，而且我认为这是一个可以让孩子们尝试一下的特别好的练习。在某一天，当每一个人都感到很无聊的时候，让你的孩子试着用地图把他们的生活表示出来。你可以问他们，在他们生活的地图上，最高的山会是什么。还有是不是会有一个以上的国家。那些海洋将会叫什么名字。学校在哪儿？你的家庭在哪儿？你的暑假看起来会像什么，如果你把它们画在地图上？

当然，你应该和他们一起坐下来，并且也画出你自己的生活地图。

8. 为孩子投资的最佳方式

考虑周全的父母经常为这样的问题而烦恼，那就是怎样最好地为孩子的将来投资。持有能送他们步入大学的零息债券？填满科技股票和垃圾债券的交易委托书？是在废弃不用的地方藏匿金砖？还是投资于信托房地产？

这是我最好的主意：给孩子们读书，甚至要多于你已经为他们读的。

那就是你能为你的孩子做的最好的投资。如果你的孩子还很小，还可以容忍与你保持亲密的个人接触，那么在你能为他们做的事情中，没有什么事能像读书那样，既能为他们也能为你，带来更大的长期利益和短期利益。更为有益的是，给孩子读书，也是最好的家庭活动的一个良好的范例：有质量的时间，也就是有数量的时间。

从很小的年龄就经常读书给他们听的孩子，会发展出很多让他受用终身的能力，而这些能力是根本不可能从录像机或迪斯尼频道的电视节目里获得的。他们成为更好的聆听者并且在学校里更容易集中注意力。他们的词汇量增长迅速，而且语法对他们来说也不显得那么难于理解。对任何理解起来不像商业广告那么容易的想法，他们不会立刻就丧失兴趣。他们培养了耐心，会让自己对一个复杂的问题穷究不放直到找到解决的方法。由于他们具有足够的模仿能力，他们完全靠自己就成为更好的写作者。

给孩子们读书会帮助他们成为热切的读者，而热切的读者拥有用金钱买不到的终身优势。优秀的读者在学校里表现更佳，在标准化测试（包括标准化的数学测试，尽管这种测试主要包含的是文字）中得分更高，能上更好的大学，拥有更有意思的工作，能写出更有说服力的法律条陈，能更好地和别人交谈，会更少可能对烦心事发牢骚。他们更容易养大而且和他们在一起会有更多的乐趣。

最为重要的是，在专心读书中长大的孩子们发展了回答自己的问题的能力。如果他们突然开始对医生、昆虫、婴儿、太阳系、

地震或消防车之类的东西发生兴趣，他们知道如何追踪这个题目继续探寻，直到好奇心得到满足。逐渐地，他们获得一种为天下最伟大的学者所共有的能力，即：自我教育的能力。在以后的生活中，他们也能够运用同样的能力教会自己有关债券市场的事情。

所有这些逐步发展起来的技能，在成人生活里都具有经济价值。文化程度高的工人在整个经济生活中都拥有巨大的竞争优势。知道怎样写不得不写的备忘录的雇员，总是比那些不会写的雇员更有可能得到他们想要的东西。喜爱读书的股票分析师，不会因细小条款而遭受损失。把你的孩子变成一个好的读者会带给他们一种优势，一种在他们将来的生活中能一直保持的优势。

天使也有一个自私的！

培养好的读者对父母也有很大的好处。在很小的年龄就学会爱书的孩子们，当他们稍大一点的时候，他们愉悦自己的能力会不断地提高，从而给父母留下更多的属于他们自己的时间。我的两个孩子在他们还不能真的读书以前，有很长时间他们已经在假装读书了。我们会听到他们在哄一个填充动物或一个洋娃娃玩儿时，讲的经常是我们以前读给他们听的故事，不过是经过他们加工的版本。（在我们的女儿还很小的时候，我听到她假装在读圣诞故事，把她的一本《碧泽斯与罗蒙娜》[1]当作她的圣经来用，在她的故事里，耶稣穿着"长裤子，高贵的上衣、用木头做的鞋子，还

---

[1]贝弗利·克利里所写的一部儿童故事。——编注

有长长的、直直的袜子。"坐飞机旅行，坐很长时间的车，还有那些乱糟糟的下午，在这样的时候，他们可以用读书把时间全都占去。他们两个很容易就都进入了真正的阅读，而没有察觉到他们是怎样做到这一点的。他们看起来几乎是在不知不觉中就学会了读书。在我女儿发现她会读书——当时她正在图书馆里翻着一本故事书，在她快5岁的时候——的几个星期以后，我发现她在我们的起居室里，快乐地给她自己读《草原上的小屋》。①

在有学龄前儿童的家庭里，书能有助于保持安静。一个任性、烦躁、对这个世界感到愤怒的两岁的小孩子，常常能被父母转变成天使，只要父母有一堆从图书馆借来的书。有时这种变化在瞬间就完成了：书打开了，哭声停止了，大拇指伸进了嘴里。读书给孩子们听对父母也有好处。你得以度过安静的半个小时，孩子在沙发上紧紧地贴着你，对很多种类的恐龙的名字和它们特殊的习性，你开始熟谙起来。下雨天不再是一个大问题，因为你和你的孩子总是可以用去图书馆的方式，来消磨这一段可怕的时间——去图书馆是一个有双倍报酬的旅程，因为它给你们双方都留下了一些东西，让你对回到家以后的事情有所期待。（此外，难道你不是更愿意大声读一个小时的书，而不愿用空的玩具杯子假装喝茶，或者假装是蝙蝠侠？）

书能够把从晚饭后到上床睡觉前的这段漫长的、紧张忙碌的时间，转变成一种快乐，不再是痛苦的考验。即使那些很累的孩子，他们在晚上也经常是太过于兴奋，很难轻易地把他们放到床

---

① 劳拉·英格尔斯·怀尔德所写的经典儿童故事。——编注

上去。当家里最小的孩子全都睡着了，讲故事的时间就轻松地把一天的纷乱转变成极快乐的时光。

给父母带来的更多的好处

给孩子们读书的一个很大的好处，就是它给了父母一个机会，让他们可以重读他们自己从童年时期就开始喜爱的书，或是让他们发现在第一轮读书时错过的巨著。我在五年级和六年级的时候，最喜欢读的是J.R.R.托尔金的"中土三部曲"，《指环王》。虽然我还是和孩子的时候一样，非常喜爱这些书，但假如我没有想到要读这些书给我儿子听的话（第一遍是在他六七岁的时候，第二遍是在他11岁的时候），作为一个成年人，重读这些书对我来说是没有多少可能性的。帮助你的孩子成为好的读者，可以重新唤醒你自己对好书的兴趣。它能让你觉得更幸福，而且让你觉得你对纷乱的生活的控制能力在不断地提高。

一旦孩子开始自己阅读，对父母的好处就更多了。好的读者更不容易让人感到厌烦，因此也更少需要来自父母的干涉。和他们在一起很有趣。和他们谈话也很有意思。和他们一起旅行很容易。他们关注新闻的发展。而且他们和父母共同享受一个主要的文化遗产——读书。

投资于阅读

把孩子引向书本的最佳时间，是远在他们能够读书以前。婴儿喜欢看着图画书并且喜欢有人读给他们听。我儿子第一次真正的微笑，就是因为看了一本图画书，这本书里有一张哭着的婴儿的照片——这是一个证据，就是在别人的不幸中作乐是人类与生俱来的特质。父母们有时觉得，给还不会说话的孩子读书很傻，但是孩子们喜欢，他们喜欢图片，他们喜欢被抱着，他们喜欢有人注意他们，他们喜欢你的声音弄出的响声。从很小的年龄就给他们读书的孩子，以后也不必再教给他们书可以是舒适、娱乐和学习的源泉。

给还没上学的孩子读书，在相当大的程度上需要由父母作决定。两三本有24页的图画书不可能持续很长时间——即使你每一本都读了一遍又一遍，像孩子经常要求的那样。培养好的阅读者需要父母在房子里备有很多有意思的书，那意味着要经常去图书馆。

很多图书馆都不限定你可以借出的儿童书的数量。我们曾轮流访问六个图书馆，用好几个大的帆布袋拉着我们的书转来转去。当我们的孩子还没有上学的时候，我们的拜访常常让当地的一些图书馆工作人员害怕，他们看到我们拉着我们的袋子向借书台走过来的时候，就会疾步地冲出柜台去重新编排卡片目录。其他在排队等候的父母经常会问，"你们是教师吗？"好像不相信还能有别的解释。我们曾因为迟还书而交过罚款，也因为弄丢了书而交过赔偿金，我们把这些费用都看作是做生意不可避免的花销。

去图书馆的行程在我们家很早就开始了。孩子们特别喜欢有机会去发现一位好的作者、或者是一套丛书，或是他们从来不曾

感到厌烦的图书类别。我们的女儿在她6岁左右的时候，突然变得对医药很感兴趣，我们当地图书馆的工作人员定了一套关于得了可怕的疾病的孩子的书，这让她很惊喜。(在那段时间，我们的女儿发明了一种猜谜游戏，其中一个人要假装是一种有趣的疾病，而另一个人用问问题的方式，来试着猜出它的识别特征：你主要是一种成年人的病吗？你是由病毒引起的吗？你总是致命的吗？）有时候，我们在回家的路上会走进快餐店随便吃点东西，当我们进去吃东西的时候，那些新书就带在我们身边。

当我们和孩子一起坐飞机旅行时，我们随身行李里带的几乎全都是图书馆的书。当我们开车去旅行时，装书的袋子就填满了空座位。在我们的家庭旅行史上，一个大的突破就发生在一次旅行途中，那是我们的女儿第一次长时间地给她的弟弟读书，他们对此都感到非常愉快。过了一公里，又过了一公里，他们两个的时间都过得既快乐有很有价值。我妻子和我惊奇地对视着，尽力不去破坏那种气氛。

怎样读书给孩子听

孩子们有时在你讲故事的时候不能静静地坐着，但是那并不总是意味着他们对你正在读的东西不感兴趣。如果他们在听故事的同时手里也在做些什么，那么小孩子经常能听得更好：建一个沙发垫的城堡，给洋娃娃穿衣服，和兄弟姐妹玩儿国际象棋，洗澡，或者看着或读一本别的书。当孩子单腿从沙发上跳起来的时

候，父母有时候变得有些气馁，并停止大声读书，但他们不应该这样。和大人们相比，孩子只是需要更多的扭动他们的身体。

　　小孩子也有他自己喜欢的书，对成年人来说，这似乎有点让人气馁。在我儿子还很小的时候，他喜欢一本图画书，书里说的是一个小男孩在一家餐馆里吃意大利面条的事。应他的要求，我妻子和我会一遍又一遍地读这本书，他有时会在读到一半多一点的时候要我们再从头开始。由于不可知的原因，这本餐馆的书给他留下了非常深的印象。我很不愿意想到一本有关吃意大利面条的书，会比，比如说，里面有漂亮插图的有关爱丽丝漫游奇境的

故事更有吸引力，而后一本书被图书馆工作人员选作那一年最好的儿童书之一。但是孩子们喜欢他们喜欢的。如果你想要书在他们的生活中是必不可少的，你就得让他们去追逐自己的兴趣（即使你在暗中试图塑造他们）。

给大一点的孩子读书

在孩子们已经开始自己读书以后，也应该继续大声地给孩子读书，并且坚持尽可能长的时间。事实上，给新的读者读书可能是强化他们正在发展的技能的最佳方法。它也把一些好书展示给孩子，这些书对他们来说可能是太具挑战性，因而他们自己还不能读。一个需要帮助他读《戴帽子的猫》[1]的一年级的孩子，可能也乐于听到《汤姆·索亚历险记》[2]或《时间的皱纹》[3]或者《纳尼亚王国传奇》[4]——这些高深的书，他或她可能在几年的时间里还不能一个人来读。

父母不应该强迫孩子读很难懂的书，但是很少有小孩子对文学感兴趣，正好证实了出版商根据年龄所做的阅读推荐。如果你经常性地给你的孩子读书，他们不断提高的在文学上的高深程度，会一次又一次地让你感到惊讶。在我儿子4岁或者5岁的时候，有一天，我感到很绝望，不知要读些什么东西给他听，就随手从架子上抓起了一本《金银岛》，结果惊奇地发现，我们两个都很着

①美国作家西奥多·苏斯·格塞尔的儿童文学作品。——编注

②美国作家马克·吐温的儿童文学名作。——编注

③美国作家玛德琳·英格尔的儿童文学作品。——编注

④英国作家 C.S. 刘易斯的儿童文学名作。——编注

迷，不去管那些古代的语言和有时令人糊涂的场景，一直把这本书读到了结尾。

一旦孩子到了初中或是小学的后期，再读书给他们听时，他们可能就会反抗。（"不要用这么多的表情，"我认识的一个九年级的孩子，这样轻蔑地对他母亲说，她那时正在给他的一个弟弟读书。）但是那并不意味着大声地读书不再是一项家庭活动。当孩子已经长大，当父母再读书给他听时会觉得很难堪，这时，怎样才能让读书继续成为家庭生活的一部分，这里有一些主意：

＊对家里大一点的孩子，可以经常逼他们做一些服务性的工作——或者，付钱给他们，如果那看上去更合适的话——让他们读书给弟弟妹妹听。如果他们这样做了，他们就会发现父母在读书给孩子听时常常发现的，或者是重新发现的：有很多儿童书籍真的是好书。（偶尔地，如果你有孩子在给别人看小孩，你应该鼓励他们去工作的时候，带上几本可以大声朗读的好书，他们就会更受欢迎，既受父母的欢迎也受小孩子的欢迎，而他们负责看管的小家伙也会表现得更好。）

＊那些宁愿挨打也不愿意听父母读书的大孩子，可能会喜欢听一些有声读物。长时间坐在车里的时候，每天晚上都有的半个小时，上学前吃早饭时，或者在其他的任何时间里，你都可以放有声读物。大部分的图书馆现在都提供（或者能够去得到）有声读物，选择范围也很大，而且有越来越多的书籍可以从网上下载，用一种类似于随身听的东西来播放。如果不需要他们自己去翻动书页，那么，甚至是最不愿读书的读者也能被吸引进一个好故事

里。以后他们可能会感到受到了鼓舞，会去自己找出印刷出版的书。（试着从一个好的侦探故事开始。你的听众可能会听很长时间，直到找出是谁干的坏事。）

*病床是给大孩子介绍有声读物的一个好地方：发烧的孩子不能起床，也不能四处走动，而且甚至是最不愿读书的读者也更愿意听一本录得很好的书，而不是整天看电视。其他可以用来听有声书籍的好时间还有：做饭的时候，画画儿的时候，建一个模型的时候，粘苍蝇的时候，打扫房间的时候，用健身器锻炼身体的时候，开车去学校的时候。

*如果你没有很好地完成上面所说的那些事，没关系。当你给小孩子读书的时候，大孩子有时也会偷听。在讲故事的那段时间里，有策略地选定你的位置，而且聪明地挑选你要读的材料，你可能会多吸引一位听众。

*下次你和孩子一起去买东西的时候，在书店停一下，送给你的孩子每人一本平装书，让他们自己选。你花的钱可能与你可能花在买冰淇淋上的钱一样多，可是书却不会溶化。

*一个星期有几次在吃晚饭的时候读书。据说，一家人坐在一起吃饭的习惯正在美国消失，但是如果你还保留着这样的习惯，你可能偶尔会想到把这样的时间用来享受读书或读杂志的快乐。（你的孩子不会告诉你他们到底在学校做了什么，所以在谈话的时候你不会错过很多东西。）我曾经买过一打镇纸，外面裹着皮子，我把它们放进了厨房桌子上的一个碗里。吃饭时，我用两个镇纸压着我在吃饭时读的书的书边儿，我的两只手就可以用来吃饭。

不过，我的镇纸从没有吸引住我家里的其他成员，所以我把它们大都拿到我的办公室，在那儿，我用它们来压住我放在书桌上的文件堆。

＊如果在路上读书并不让你的孩子感到讨厌，鼓励他们在你的车里放上书。现在越来越多的父母花很多大块的时间来接送他们的孩子，去学校、足球练习、舞蹈课、朋友的家、还有购物中心。大多数的孩子在开车的这段时间里望着窗外，抱怨，听音乐，或彼此打闹。书对此会有帮助。在我们家里，在出门去车库以前说的最后一件事是，"每个人都有东西读吗？"（显然，开车的人除外。）

＊在同一个房间里和大孩子一起静静地阅读，这是一种愉快的、低风险的和他们一起度过时光的方式。你们不再交谈，所以你们没有危险，要为朋友、分数、头发、衣服、餐桌上的举止、或其他的沉重的家庭问题而争吵。你和你的孩子可以在书中失去你们自己，却不会失去彼此的接触与联系。而且如果你偶尔能找到一本让你们两个都感兴趣的书，你们就可以分享你们的经历，而不会彼此都不高兴。

长期和短期

对你来说是很重要的目标，对你的孩子来说可能却不是。父母常常关注长期的目标——大学、工作、为退休存钱——而孩子们却对在此时此地做的事情感兴趣。反复唠叨教育的长期效益会

令人扫兴，而不是对一个不情愿的读者的激励。警告一个小学五年级的学生，如果她不关上电视，她就永远也进不了耶鲁大学，这样的警告是不太可能取得预期的效果的。鼓励孩子提高读写能力的最好方法，就是强调短期回报：一个好笑话，一个有趣的下午，一次不让人那么厌烦的驾车出游。

电视，即使把它所能给我们的相当多的酬劳和乐趣考虑进去，也是我们的敌人。在我们这个社会，生活中完全没有电视实际上是不可能的，但是我们都应当做出努力，每天在一定的时间内，限制对电视和电子游戏的接触，迫使我们的孩子（和我们自己）寻找变通的办法。我们观看的电视节目是我们的文化中不容争辩的重要组成部分——有好几年，我们家都把吃饭的时间安排在播放《辛普森一家》的时候——但是我们所有人都会更聪明、更有趣，如果我们少看一些电视的话。诀窍在于减少每个人对愚蠢、错误的事物的信赖，不要让《毕维斯与屁股头》那样的动画片看起来似乎是具有不可抗拒的吸引力。何况没有人会在试图放弃电视时像戒毒那样难受。

和许多其他的行为一样，树立了最重要的榜样的人正是父母。有爱读书的父母，往往就有同样爱读书的孩子。父母词汇丰富，孩子的词汇量也会很大。假如你希望书成为你孩子生活的一部分，你也一定得让书成为你的生活的一部分。

对书的不同的品位

做父母的经常试图阻止孩子看"没用的书"——漫画书、少年杂志、笑话书、简单的科幻小说。但是没有人能单靠经典来生活，至少对所有的儿童来说是如此。

刚开始读书的人需要树立信心（还有扩展他们的想象力），他们需要读一些不会压垮他们的东西。那样做一点也没错。许多优秀的成人读者和作者都曾把他们的童年时光花在看漫画书上。父母应该觉察到孩子正在读什么书，但不应很快就介入其中去限制和禁止。假如书被弄得看起来像是药一样，孩子就会回到电视机前。大多数的读者，当他们被单独留在家里的时候，最后都找到了自己的办法去读一些对他们有价值的书。（另外，你自己最后一次读约翰·弥尔顿的诗歌或者其它你在大学时读过的经典作品，那是在什么时候？或者正如诗人约翰·柏瑞曼曾说过的那样，感谢上帝，让我们有二流的书，或是那些任何人在21岁以后都可以读的书？）

在认定什么是可以接受的阅读材料时不要太过严厉，那也是抓住不情愿读书的孩子的兴趣的关键。喜爱摩托车并且恨书本的孩子，很有可能会一口气读完一本摩托车杂志——如果这样的杂志可以让他们得到，如果研究这样的杂志也被你当成是值得夸奖的行为。如果你能追随孩子在这样的时刻的激情，那么有时候你也能通过其他的方式吸引他们读一些好书。对很多受过良好教育的成年人来说，通往文学世界的旅程是从疯狂的杂志开始的。

怎样开始

同所有的长期投资一样，最有效的策略可能会需要长期的时

为孩子挑书的最佳方式

间。如果你的孩子已经 10 岁或 11 岁，你突然大步走进他们的房间，戴着你的读书眼镜，手里抱着一大摞从图书馆借来的书，他们会用一种你可能很长时间都不会忘记的眼神看着你。但是如果他们反抗，你总可以读更多的书给你自己听。你也可以期待着有一天读书给你的孙子、孙女听。

如果你的孩子还很小，还易于受影响，你所要做的事就是开始。如果你已经在睡觉前为你的孩子读书，那么增加其他讲故事的时间就很简单，你可以在一天里其他的重要的时刻为他们读书——理想的时间可能是，那些你们不读书就很可能会用来看电视的时间。或者在这个周末带他们去图书馆，满载图书而归。最棒的是：其潜在的利益，尽管巨大，却全部是免费的。

9. 最终的回报

几年以前，我父亲做了一次大手术，那年他76岁。手术持续了6个小时，而且最后在他的腹部留下了61个刀口。有好几天他都没有从麻醉中清醒过来，当他重新开始有了意识时，医生不得不把他的胳膊固定住，以防止他挣脱掉各种各样的输液管、导管和监视器。也给他上了一段时间的呼吸机。对他来说这段时间很艰难，而对我妈妈来说则更艰难，因为不管怎样，她在整个过程中一直都是清醒的。当他睁开眼睛的时候，她就在他的身边。他说的第一件事，用一种虽然很弱但充满希望的声音，是"我在乡村俱乐部吗？"——正是我自己处于同样的情况下也会问的问题。

我父亲在大约20年前退了休，在那之前，他在中西部的一家地方性投资公司里，作为证券经纪人工作了30年。在他退休后不久，他就把他的大部分储蓄交给了一个专职的理财专家，因为他觉得他与金融世界的联系不再那么紧密，他自己不再会做得那么令人满意。

我很高兴他作出那个决定。在我还是个少年的时候，我曾有两个夏天在他的公司里作小伙计，而且，我一接触到这个工作——在我工作的第一天，我感到就像是有一张一千块钱的支票，正躺在堪萨斯城第一国家银行那冰冷的橡木地板上——有很多场合，看到别的经纪人是那样的尊敬他，我感到非常骄傲。他是公司中

最成功的推销员之一，而且他获得成功，不是因为不停地炒作股票，或者把愚蠢的投资推给无知的人，或者是做了其他成功的经纪人经常做的那些不审慎的事情。他为人诚实又谨慎，为很多人赚了很多的钱。他也教会我，直接地也是间接地，怎样成为一个相当能干的、会管理自己金融财产的理财专家。

有20多年，我父亲都是我主要的财政顾问。他帮助我去想明白该如何应对我生活里出现的所有主要的金融问题，从辞去我的第一份工作到购买我的第一所房子，到为我孩子的教育存钱，到为我的退休做计划。他教给我要对总体的经济情况持有一种长期的观点，同时也永远不要让自己为过去所做的投资决定而沾沾自喜。他做得最多的是，激励我向他所做的那些冷静的、理性的可以作为范例的决定看齐。在很多情况下，当我对一些最近发生的大变动感到恐慌的时候，我都会给他打电话，和他谈话总可以让我重新恢复理性——他不是告诉我去做什么，而是平静地帮助我重新找回理智的态度。

手术之后

在他做完那个大手术后的几个星期里，以及在那之后的几个月里，我爸爸都恢复得非常好。但是我们很快就认识到，不管怎样，他还是受到了严重的影响，因而不大可能重新充当我妈妈和他自己的投资的管理者的角色，这一工作他以前曾做得那样好。检查了他的一些理财记录以后，我们也发现，他放弃那个角色的最佳时机，可能已经在几个月以前就过去了。我妈妈、我的兄弟姐妹、还有我作出了决定，我们得介入这件事。但是爸爸会有什么样的反应？如果他不同意，我们自己将怎么办？我去他的房间里和他谈这件事，当时他正在一家疗养院里进行康复性治疗。我说："爸爸，如果我告诉你，我有一位年长的朋友，他需要用他自己和他妻子的储蓄支撑他们度过余生，他想请你为他管理那些存款。你怎么说？"

"我会说你疯了，"我父亲说。

"好，"我说，"那个朋友就是你，我想你是对的。"

他大笑了起来。我解释了我为什么认为我们应该介入这件事，而且我说对做这件事我感到很自信的主要原因，是我非常肯定我要做的事，正是他以前在同样的情况下已经做过的，只不过是转换了角色而已。我告诉他我所知道的每一点有关钱的知识都是从他那儿学来的，现在我要用我相信他已经让我准备好了的方式来运用这些知识。我们用了几分钟讨论了总的投资原则。然后他说："你说的话没有伤害我的感情。去做吧。"

于是我就做了。这件事对我妈妈来说，对我的兄弟姐妹来说，对我来说，都有些痛苦，都有些难以接受——几天之后的一个晚上，我妈妈突然在一种恐慌的情绪中醒来，她刚刚梦到我父亲从疗养院回来了，并且愤怒地问道，"你们对我的股票做了些什么？"——但是这件事对我父亲来说却一点也不痛苦。在我们那次大讨论之后，过了几天，他告诉我妈妈："戴夫说我不会喜欢他将要告诉我的事。但是我真的很喜欢，因为现在我不用再为这件

事担心了。"

我不是百分之一百地肯定我们所采取的步骤是所能采取的最好的步骤。但是我绝对相信，我们一致的意见和我们促成这件事的勇气，都来自于我的父亲。他在对金钱的管理上从不感情用事，他相信结果。当需要我们采取行动的时刻来临时我们能够采取行动，是因为他已经让我们为此做好了准备，可以毫不畏惧地为他的利益采取行动。

而且，如果你需要一个理由，那么就有一个高雅的自私的理由，让你帮助你的孩子去学习，让他们学会在跟金钱打交道时感

觉自在。今天我们是我们孩子的金融指导，但是明天他们就会成为我们的金融指导，假设我们足够幸运能活那么长，活到需要他们帮助的那一天。因此，在做每一件我们能够做的事情时，我们就有一个直接的、个人的、长期的利益在内，我们是在让他们为那一时刻的来临做好准备，也就是我们的行动将迫使他们为了我们，肩负起我们的问题的那一刻。现在我们把他们教得越好，当情势需要由他们来控制时，他们也将做得越好。每个人都知道那样的家庭故事，当积聚起来的财产由上一代传给下一代时，其引发的错综复杂的情感让一个家庭四分五裂。（如果你不相信我，就去重读《李尔王》。）我知道有一个富有的家庭，有一年多的时间，全家陷进了一场痛苦的官司之中，只因为愿望各不相同——孩子反对父母，兄弟姐妹反对兄弟姐妹——而在那个家庭中甚至还没有一个人已经死去。像那样的诉讼会让一个家庭四分五裂，而且所带来的损害几代人都得承受下去。那是一种什么样的遗产？难道积累家庭财产的目的，仅仅是为了让起因于财产的家庭毁灭变得更加容易？

现在我们把孩子教得越好，当需要他们轻轻地把我们从轮椅上搀扶起来的那一天来临的时候，他们就将更有可能做得好。那就是潜在的回报，如果你觉得你需要一个回报的话。今天，你尽最大的努力去帮助你的孩子，将来的某一天，你自己的安全和幸福，可能就将有赖于他们回报父母恩情的能力。

图书在版编目(CIP)数据

爸爸银行/（美）欧文著；塔广珍译.—北京：九州出版社，2004.8
ISBN 7－80195－106－9

Ⅰ.爸…　Ⅱ.①欧…②塔…　Ⅲ.财务管理－家庭教育　Ⅳ.①TS976.15
②G78

中国版本图书馆 CIP 数据核字(2004)第 067149 号
著作权合同登记号：图字 01－2004－3779 号

THE FIRST NATIONAL BANK OF DAD：THE BEST WAY TO TEACH KIDS
ABOUT MONEY by DAVID OWEN
Copyright：© 2003 by DAVID OWEN
This edition arranged with SUSAN SCHULMAN LITERARY AGENCY，INC
through BIG APPLE TUTTLE－MORI AGENCY，LABUAN，MALAYSIA.
Simplified Chinese edition copyright：
2004 JIUZHOU PRESS
All rights reserved
本书中文简体字版根据西蒙舒斯特出版公司 2003 年英文版译出

爸爸银行

作　　者／〔美〕大卫·欧文　著　塔广珍　译

出版发行／九州出版社
出 版 人／徐尚定
地　　址／北京市西城区阜外大街甲 35 号
邮政编码／100037
发行电话／(010)68992192/3/5/6
邮购热线／(010)68992190
电子信箱／jiuzhoupress@vip.sina.com

印　　刷／北京通州皇家印刷厂
开　　本／880×1230 毫米　1/32 开
印　　张／5.125
字　　数／101 千字
版　　次／2004 年 8 月第 1 版
印　　次／2004 年 8 月第 1 次印刷

书　　号／ISBN 7－80195－106－9/F·87
定　　价／13.50 元